Dieses Buch gehört:

....

....

HENRY SEYMOUR

INSPEKTOR DIXON

Die Diebe von Soho

Tosa Verlag

Im Auftrag hergestellte Sonderausgabe

Umschlag von Karlheinz Gross

Printed in Austria

1

Mrs. Priscilla Fenton seufzte, als sie die lange Schlange vor dem Schalter des Postamtes sah. Da würde sie gewiß eine halbe Stunde warten müssen, bis sie an der Reihe war, dachte sie. Sie überlegte, ob sie nicht einstweilen etwas anderes erledigen und später noch einmal zurückkehren sollte, wenn vielleicht nicht soviel Betrieb herrschte. Dann jedoch erinnerte sie sich daran, daß sie nur noch ein paar Pennies in ihrer Geldbörse hatte, und schloß sich der Schlange an.

Sie schob den rosaroten Hut zurecht, der wie ein Blumentopf auf ihrem weißen Haar saß, und zählte, wie viele Menschen vor ihr standen. Elf waren es. Donna, ihre Enkelin, feierte in drei Tagen ihren fünfzehnten Geburtstag. Mrs. Fenton wollte ihr ein kleines Geschenk kaufen und ihr einen Kuchen backen, aber dazu brauchte man Geld. Das war auch der Grund dafür, weshalb Mrs. Fenton zwei Wochen lang nichts vom Sparbuch abgehoben hatte. Es war nicht einfach gewesen, denn wenn die Miete für ihre kleine Wohnung und die verschiedenen Rechnungen bezahlt waren, blieb nicht viel übrig. Aber Mrs. Fenton war genügsam und jammerte nicht über die zu geringe Rente. Jetzt grübelte sie schon eine ganze Weile darüber nach, was sie ihrer Enkelin kaufen sollte. Für Spielsachen war Donna ja schon zu alt, und Kleider waren so entsetzlich teuer. Ein gutes Buch vielleicht oder eine Tischdecke, die Donna besticken sollte. Die Kinder hatten heutzutage ganz andere Interessen als damals in ihrer eigenen Jugendzeit. Es war ein kompliziertes Problem, die richtige Wahl zu treffen.

Nur langsam rückte die Schlange zum Schalter vor, doch sie wurde auch nicht kürzer, weil sich hinter der alten Dame immer neue Menschen an-

reihten. Zum Glück wartete keine dringende Aufgabe auf Mrs. Fenton.
Doch es dauerte nicht so lange, wie sie bereits befürchtet hatte. Nach ein paar Minuten stand sie schon dicht vor dem Schalter. Der Mann vor ihr verlangte nur einige Briefmarken und war rasch bedient. Dann war sie an der Reihe.
Der Beamte hinter dem Schalter hatte ein freundliches Mondgesicht und erkannte sie sofort. Sie kam ja schon seit Jahren zu dem Postamt, um ihre Rente abzuholen.
»Guten Tag, Mrs. Fenton«, begrüßte er die alte Dame. »Wieder einmal da, um die großzügige Unterstützung des Staates abzuholen?«
Mrs. Fenton wußte nicht so recht, ob er sich über sie lustig machen wollte, als sie ihm das Sparbuch reichte.
»Zwei Wochen diesmal, Mr. Wallace«, sagte sie und wunderte sich, daß er bei diesem Betrieb seine gute Laune nicht verlor. Es war gewiß nicht leicht, den ganzen Tag hinter dem Schalter zu stehen.
»Ach, da sind Sie aber reich!« erwiderte er und klatschte seinen Stempel in das Buch. »Da könnten Sie mich wirklich zum Abendessen ausführen. Ganz groß mit Wein und Tanz und Gemütlichkeit.«
Mrs. Fenton zwinkerte ihn betroffen an und wußte nicht so recht, ob er nur Spaß machte.
»Das geht leider nicht, Mr. Wallace«, sagte sie rasch und ein wenig ängstlich. »Sehen Sie, ich möchte nämlich meiner Enkelin zum Geburtstag eine kleine Freude bereiten. Da muß ich mit meinem Geld recht sparsam umgehen.«
Der Beamte lächelte gutmütig.
»Es war doch gar nicht ernst gemeint, Mrs. Fenton«, beruhigte er sie. »Meine Frau wartet ja mit dem Abendessen auf mich. Sie kriegen also siebenundvierzig Pfund und achtzig Pence.«
Die alte Dame war noch ein wenig betroffen von diesem Witzchen und paßte gar nicht genau auf, als Mr. Wallace die Geldscheine von einem dicken Bündel Banknoten abzählte. Außerdem bewegten sich seine Fin-

ger so schnell, daß sie ihnen gar nicht folgen konnte. Sie nahm ganz einfach die Banknoten in Empfang, verstaute sie in ihrer Handtasche und nickte ihm zu.
»Besten Dank, Mr. Wallace. Bis nächste Woche dann.«
Als sie sich vom Schalter abwandte, merkte sie gar nicht, daß hinter ihr ein junges Mädchen aus der Reihe der Wartenden getreten war. Es wirkte ärmlich und ein wenig schlampig gekleidet, sein Gesicht war bleich und das mausbraune Haar ungekämmt. Stechende Augen verfolgten die alte Dame, die nun das Postamt verließ und auf die Straße trat. Dort warf Mrs. Fenton einen Blick um sich. Schräg gegenüber lag ein kleiner Park. Es war Mrs. Fentons Gewohnheit, dort die ganz zahmen Tauben zu füttern. Dazu sammelte sie die ganze Woche lang immer die Brotrinden und Krümel, die jetzt eine Tüte in ihrer Handtasche füllten.
Sie überquerte die Straße. Doch sie hatte erst das schmale Gittertor erreicht, als sie eine Stimme hinter sich hörte und sich umwandte.
»Madam!« Es war das junge Mädchen aus dem Postamt. Die alte Dame hatte gar nicht gemerkt, daß ihr jemand gefolgt war. »Einen Augenblick, bitte!«
Priscilla Fenton blieb unsicher stehen. Sie kannte das Mädchen nicht, aber sie ahnte, daß der Ruf ihr gegolten hatte. Nun stand die Unbekannte ein wenig atemlos vor ihr.
»Ein Glück, daß ich Sie noch eingeholt habe«, sagte sie rasch. »Ich weiß, es geht mich ja nichts an, aber ist Ihnen nicht aufgefallen, daß Ihnen der Beamte am Schalter zuwenig Geld gegeben hat?«
»Was?« fragte Mrs. Fenton erstaunt.
»Oh, es war gewiß nicht seine Absicht, glaube ich«, beteuerte das Mädchen. »Aber es war doch soviel Betrieb! Er muß sich verzählt haben. Das kommt vor. Ich bin dicht hinter Ihnen gestanden und habe es gesehen, aber ich wollte nicht vorwitzig dreinreden. Doch dann dachte ich mir, daß Sie sicher jedes Pfund dringend brauchen können. Wenn Sie gleich zurückgehen, kann der Irrtum rasch behoben werden.«

Mrs. Fenton zögerte. Die Augen dieses Mädchens mußten schon recht flink sein, um das alles gesehen zu haben. Vielleicht irrte es sich sogar.
»Das ist aber unangenehm«, überlegte sie. »Am Ende glaubt mir Mr. Wallace nicht, oder er denkt sogar, daß ich ihn beschwindeln will.«
»Das wird er gewiß nicht tun«, meinte die Unbekannte. »Außerdem wird es sich bei der Abrechnung heute abend herausstellen, daß Sie die Wahrheit sagen. Aber Sie müssen es gleich jetzt melden. Ich an Ihrer Stelle würde das Geld noch einmal zählen.«
Das ist wirklich eine gute Idee, dachte Mrs. Fenton und griff in ihre Handtasche. Sie wollte den freundlichen Mr. Wallace nicht verstimmen, aber wenn er wirklich einen Fehler gemacht hatte, dann war sie allein die Leidtragende. Ihre Finger zitterten vor verhaltener Erregung, als sie die Banknoten hervorholte.
Das Mädchen blickte auf das Geld und streifte dann kurz ihre Umgebung mit einem vorsichtigen Blick, fast als wollte es sich überzeugen, daß niemand den Vorfall beobachtete.
»Hoffentlich nehmen Sie es mir nicht übel, daß ich Ihnen nachgeeilt bin«, sagte sie. Mrs. Fenton antwortete nicht, denn die Frage verwirrte sie beim Zählen. Waren es nun sechsundvierzig oder siebenundvierzig Pfund gewesen?
»Na, habe ich recht gehabt?« fragte die Unbekannte ungeduldig.
»Ich weiß nicht«, murmelte Mrs. Fenton unsicher. »Ich dachte . . .«
»Lassen Sie mich nachzählen. Sie sind ja ganz aufgeregt!« erbot sich das fremde Mädchen.
Zögernd reichte ihr Mrs. Fenton das Geld, spürte, wie sich die Finger um die Banknoten schlossen. In diesem Augenblick erhielt sie einen harten Stoß gegen den Oberkörper, der sie zurücktaumeln ließ. Sie stolperte über den Rasenrand und fiel ins Gras, während ihr noch nicht einmal so richtig zu Bewußtsein kam, was eigentlich geschehen war. Das Mädchen war mit dem Geld in der Hand herumgewirbelt. Nun lief es mit langen Sätzen durch den kleinen Park davon. Es dauerte ein paar

Sekunden, bevor der alten Dame klar wurde, daß sie einer rücksichtslosen Diebin auf den Leim gegangen war. Dann rief sie gellend um Hilfe, doch es war schon zu spät, denn die Fremde verschwand bereits hinter den Ziersträuchern.

2

Die Hilferufe Mrs. Fentons ließ zwei Passanten herbeieilen, die der alten Dame auf die Beine halfen. Zuerst glaubten sie, Mrs. Fenton sei gestolpert und hingefallen. Bis diese aber einen verworrenen Bericht über den Diebstahl geben konnte, war es der Diebin längst schon gelungen, ihren Vorsprung zu vergrößern. Zwar eilte einer der Männer sofort entschlossen durch den Park, während sich der andere um die alte Dame kümmerte, aber es nützte wenig. Als er den Ausgang erreichte, war von der Diebin und dem gestohlenen Geld keine Spur mehr zu sehen. Es war, als habe sich das Mädchen in Luft aufgelöst. Oder hatte es eines der Häuser in der Nähe betreten, um rasch außer Sicht zu sein? Enttäuscht wandte sich der Mann wieder um.
Priscilla Fenton zitterte an allen Gliedern, obwohl der andere Mann sie stützte und beruhigend auf sie einredete. Nie hätte sie es für möglich gehalten, daß man sie am hellichten Tag so hereinlegen könnte. Noch schlimmer erschien es ihr, daß es sich bei der Diebin um ein Mädchen handelte. In ihrer Jugendzeit hatte es so etwas nicht gegeben. Erst jetzt wurde ihr klar, wie dumm sie sich verhalten hatte. Man durfte doch einem fremden Menschen nicht sein Geld anvertrauen. Aber was nützten jetzt schon alle ihre Selbstvorwürfe? Die Rente für zwei Wochen war weg, und sie wußte nicht, wie sie die Miete bezahlen und für ihren Lebensunterhalt aufkommen sollte. Sie hätte weinen können. Wie konn-

ten Menschen nur so gemein sein, dachte sie immer wieder voll Verzweiflung.
Eine junge Frau war nach dem gellenden Schrei aus einem der kleinen Häuser am Rande des Parkes geeilt und kam nun näher. Schon das bleiche, ängstliche Gesicht Priscilla Fentons verriet ihr, daß sich irgend etwas ereignet hatte. Der Passant, der noch immer die alte Dame stützte, erklärte mit ein paar Worten, was geschehen war, obwohl er selbst nur wenig wußte.
»So eine Unverschämtheit!« empörte sich die Frau. »Eine hilflose alte Dame zu bestehlen. Kommen Sie mit mir, meine Liebe. Ich mache Ihnen rasch eine Tasse Tee, damit Sie über den Schock hinwegkommen, während wir auf die Polizei warten. Natürlich, wenn man einen Polizisten braucht, ist nie einer da!«
Der zweite Mann, der die Diebin verfolgt hatte, kehrte nun an den Tatort zurück und berichtete niedergeschlagen von seinem Mißerfolg. Doch jetzt organisierte die energische Frau bereits alles, geleitete Mrs. Fenton in das kleine Haus gegenüber dem Park und dankte den beiden Männern, die der alten Dame zu Hilfe geeilt waren. Da sie nichts von dem ganzen Vorfall gesehen hatten, der Polizei also keine Beschreibung liefern konnten und wohl auch nur ihre eigenen Angelegenheiten im Kopf hatten, waren sie froh, sich verabschieden zu können, ohne noch länger aufgehalten zu werden.
Bald summte der Wasserkessel in der kleinen, blitzblanken Küche. Priscilla Fenton saß auf einem Stuhl und konnte die Stimme der Frau hören, die den Diebstahl telefonisch bei der Polizei meldete. Sie war noch immer ganz durcheinander. Wie hatte sie nur so unvorsichtig sein können, sich einer Unbekannten anzuvertrauen? Aber sie hatte doch auch nicht ahnen können, daß es sich um eine Diebin handelte. Danach hatte das Mädchen eigentlich gar nicht ausgesehen. Und wie sollte es nun ohne Geld für sie weitergehen? Am Ende würde man ihr kündigen, und sie müßte die Wohnung verlassen, in der sie schon seit Jahren lebte, wenn sie die Miete nicht rechtzeitig bezahlen konnte. Natürlich konnte sie

sich an ihre verheiratete Tochter um Hilfe wenden, aber dazu war sie zu stolz. Die schwamm ja ebenfalls nicht gerade im Überfluß, auch wenn sie niemals ihre Mutter im Stich gelassen hätte. Die Aufregung hatte Mrs. Fenton ganz durcheinandergebracht, so daß sie nicht mehr klar denken konnte.

Nach einiger Zeit kehrte die Frau wieder in die Küche zurück.

»Sie schicken gleich einen Polizisten hierher«, berichtete sie. »Und jetzt trinken Sie zuerst einmal eine heiße Tasse Tee. Das muß ja ein ganz gehöriger Schreck für Sie gewesen sein.«

Mrs. Fenton nickte dankbar. Sie war froh, daß es jemanden gab, der sich jetzt um sie kümmerte, denn sie stand noch immer unter dem Eindruck des Verbrechens. Bald stellte die Frau den Tee vor Mrs. Fenton. Die alte Dame nippte vorsichtig daran, denn er war wirklich heiß! Der rosarote Hut saß ganz schief auf ihrem Haar. Ihre Gastgeberin schimpfte über die Verhältnisse in der Großstadt und über die jungen Menschen, die keine Rücksicht mehr kannten.

Sie wurde durch das Klingeln an der Tür unterbrochen und eilte aus der Küche. Als sie wieder zurückkehrte, begleitete sie ein baumlanger Polizist.

Die Frau hatte ihm bereits berichtet, was sich ereignet hatte. Nun hörte sich der Polizist mit ausdruckslosem Gesicht an, was Priscilla Fenton stockend erzählte. Dann zückte er sein Notizbuch.

»Können Sie mir eine genaue Beschreibung der Diebin geben?« wollte er wissen.

Priscilla Fenton mußte das junge Mädchen beschreiben. Doch das war keine leichte Aufgabe, denn sie war noch immer sehr aufgeregt.

Der Polizist blickte sie ernst an.

»Ich will Ihnen keine großen Hoffnungen machen, Mrs. Fenton«, meinte er. »Sie sind nicht die erste, die diesem Mädchen zum Opfer gefallen ist. Es gibt bereits mehrere solche Fälle. Wir vermuten, daß es eine ganze Bande ist, die sich darauf spezialisiert hat, ältere Leute auszurauben oder zu beschwindeln. Leider ist es uns bis jetzt noch nicht gelun-

gen, sie zu stellen. Zwar wird uns das eines Tages gewiß gelingen, aber von Ihrem Geld sehen Sie gewiß nichts wieder. Das ist bis dahin längst schon verjubelt. Ich kann Ihnen nur raten, in Zukunft vorsichtiger zu sein, wenn eine unbekannte Person Sie anspricht. Wir werden allen Polizeidienststellen eine Beschreibung dieses Mädchens zukommen lassen. Früher oder später schnappen wir es schon. Aber das ist für Sie freilich nur ein schwacher Trost.«
Da hatte er leider recht. Priscilla Fenton war vollkommen verstört, als sie sich ein wenig später wieder auf den Heimweg machte. Dabei wußte sie noch immer nicht, wie sie nun ohne Geld zurechtkommen sollte.

3

Donna Fortescue war ein wenig außer Atem, als sie das dritte Stockwerk erreicht hatte. Ihr Ponyschwanz schwang über ihre Schultern, und das schien Trixie zu gefallen, dem pechschwarzen kleinen Pudel, der ihr vorausgelaufen war, mit dem Stummelschwanz wedelte und sie ankläffte, während er an ihr hochsprang.
»Ruhig, Trixie!« beschwichtigte ihn Donna. »Es wohnen doch eine Menge Leute im Haus, die nicht gestört werden wollen.«
Der Pudel verstummte gehorsam und wandte sich der Wohnungstür zu. Manchmal war es, als verstünde er jedes Wort seiner Herrin. Oder vielleicht lag es auch daran, daß ihn Donnas Großmutter öfters mit Keksen fütterte, und deshalb freute er sich über diese Besuche.
Donna klingelte, aber es dauerte eine ganze Weile, bis sich leichte Schritte näherten. Die Tür wurde vorsichtig geöffnet, nur so weit, wie es die Sperrkette erlaubte.
»Donna! Du bist's!« erklang die Stimme der Großmutter. Trixie war un-

geduldig und hatte es eilig, mußte sich aber gedulden, bis die Großmutter die Sperrkette entfernte. Dann flitzte der Pudel hinein und sprang an den Beinen der alten Dame hoch.
»Nicht so stürmisch, Trixie!« schalt das Mädchen. »Wirf Oma nicht um!«
Sie wandte sich der Großmutter zu und küßte sie auf die welke Wange.
»Wie geht es dir, Oma?« erkundigte sie sich. »Ich war in der Gegend und wollte schnell mal vorbeisehen. Außerdem hätte mich Trixie gar nicht an dem Haus vorbeigehen lassen. Sie ist mir schon vorausgelaufen.«
»Komm herein, Schätzchen«, sagte die Großmutter. Donna spürte, daß sie etwas bedrückte. Sie zeigte an diesem Tag weniger Freude über den unerwarteten Besuch als sonst.
Sie traten in ein kleines, ein wenig zu dunkles Wohnzimmer. Es war mit alten Möbeln vollgestopft. Die meisten stammten noch von der Urgroßmutter, hatte ihr die Oma erzählt, und sie würden eines Tages viel Geld wert sein, vielleicht sogar Donna gehören. Sie war ja die einzige Enkelin und stand der Großmutter sehr nahe.
»Bist du krank, Oma?« fragte das Mädchen besorgt, als sich die alte Dame seufzend in den Armsessel sinken ließ. »Soll ich irgend etwas einkaufen gehen? Kartoffeln vielleicht, die du selbst nicht allein heraufschleppen kannst?«
»Danke, Donna«, wehrte die alte Dame ab. »Ich brauche nichts. Aber vielleicht bist du so gut und machst uns eine Tasse Tee. Ich werde sehen, ob für Trixie noch ein Keks da ist.«
Der Pudel spitzte die Ohren, und der Schwanzstummel bewegte sich aufgeregt.
»Aber nur eines, Oma!« warnte Donna. »Sonst wird Trixie zu dick.«
Dennoch war sie recht nachdenklich geworden, als sie in die Küche ging und rasch den Tee zubereitete. Etwas stimmte nicht, das fühlte sie deutlich. Großmutter machte sich über irgend etwas Sorgen.

Unterdessen hatte die Großmutter Trixie auf den Schoß genommen, kraulte ihr das weiche Fell und gab ihr einen Keks, den der Pudel heißhungrig zerbiß.
»Bist ein braves Hündchen«, lobte sie, aber ihre Gedanken waren ganz woanders. Sie würde ihren Ehering ins Pfandhaus tragen oder verkaufen müssen, überlegte sie. Der Gedanke schmerzte. Horace, ihr Mann, war schon vor sieben Jahren gestorben. Wenn er am Leben gewesen wäre, hätte niemand sie bestohlen, dachte sie traurig. Aber wenn eine alte Frau ganz allein auf der Welt war, nahm man keine Rücksicht mehr auf sie. Manchmal war sie schon des Lebens müde. Es wäre schön gewesen, einfach einzuschlafen und niemandem zur Last zu fallen. Vielleicht würde sie in einer anderen Welt wieder mit dem Mann vereint sein, mit dem sie ein ganzes Leben geteilt hatte? Gewiß gab es dort auch keine Diebe.
Nach ein paar Minuten erschien Donna mit einem Tablett. Priscilla Fenton hob den Kopf. Du liebe Güte, wie erwachsen ihre Enkelin schon war! Eine richtige junge Dame. Und so hübsch dazu. In ein paar Jahren würde sie gewiß schon glücklich verheiratet sein.
»Was ist denn los mit dir, Oma?« fragte Donna, als sie den Tee einschenkte. Ganz erschrocken sah sie, daß zwei helle Tränen in die Augenwinkel der Großmutter traten und dann über die gelblichen Wangen herunterliefen. Mit einem Ruck stellte sie die Kanne ab.
»Was ist denn los?« fragte sie nochmals besorgt, während sie einen Arm um die schmalen Schultern schlang. »Bist du krank?«
Ihre Großmutter schluchzte hilflos vor sich hin. Es dauerte noch eine ganze Weile, bis Donna die Geschichte von dem Diebstahl erfahren hatte. Nun rötete sich ihr Gesicht, und ihre Augen blitzten.
»So eine Gemeinheit!« empörte sie sich. »Wie tief können diese Leute denn überhaupt sinken, wenn sie einer armen alten Frau das Geld wegnehmen? Du bist doch nicht etwa verletzt worden? Hat jemand die Polizei benachrichtigt?«
Die Großmutter bestätigte, daß sie unverletzt war, doch Donna wurde bald klar, daß die Polizei nicht mehr helfen konnte. Aber die Behörden

hatten nicht Schuld daran. Es gab so viele andere Verbrechen, um die sich die Polizei kümmern mußte, und die Beamten waren knapp.

»Warum bist du nicht sofort zu uns gekommen?« fragte Donna bestürzt. »Du weißt doch, daß dir Daddy gewiß ausgeholfen hätte. Du kannst doch nicht ohne Geld leben.«

»Ach, dein Vater ist kein reicher Mann und kann sein Geld nicht verschenken«, antwortete die Großmutter. »Ich wollte euch nicht zur Last fallen. Ich werde schon irgendwie durchkommen. Am schlimmsten ist, daß ich dir zum Geburtstag nichts kaufen kann, wie ich schon beabsichtigt hatte. Aber das werde ich bei der ersten Gelegenheit nachholen.«

Donna blickte sie überrascht an. Sogar jetzt, nachdem sie bestohlen worden war, dachte sie noch immer an Donnas Geburtstag.

»Unsinn, Oma!« widersprach das Mädchen. »Du kannst dir keine teuren Geschenke erlauben, und ich erwarte auch gar nichts. Der gute Wille allein reicht schon. Aber du mußt Geld haben. Wenn Daddy im Augenblick ein bißchen knapp bei Kasse ist, gebe ich dir, was du brauchst. Ich habe doch in den letzten zwei Jahren fleißig gespart.«

»Nein, mein Kind!« weigerte sich die alte Frau. »Ich könnte keinen Penny von dir annehmen. Du bist noch so jung und hast dein ganzes Leben vor dir. Du wirst das Geld dringend brauchen. Es wird doch von Jahr zu Jahr alles teurer.«

»Kommt gar nicht in Frage!« bestimmte Donna entschlossen. »Wir können dich doch nicht verhungern lassen! Wenn du das Geld nicht von mir annimmst, dann werde ich böse. Du kannst es ja im Lauf der Zeit wieder zurückzahlen, wenn dir etwas von deiner Rente übrig bleibt. Und wenn nicht, dann macht es auch nichts. Jetzt trinkst du zuerst einmal deinen Tee, und dann gehe ich heim. Mummy und Daddy kommen anschließend herüber und sprechen mit dir. Mach dir keine Sorgen. Das kriegen wir schon hin. Vielleicht kannst du sogar ein paar Tage bei uns bleiben, bis du über den Schrecken weg bist. Und in der Zwischenzeit kümmere ich mich darum, daß wir diese Verbrecherin schleunigst finden, bevor ihr jemand anderer zum Opfer fällt.«

»Aber ich will euch doch keine Mühe machen«, jammerte Mrs. Fenton.
»Das tust du schon nicht«, tröstete sie die Enkelin. »Du gehörst doch zu uns, und wir müssen alle zusammenhalten, wenn so etwas passiert.«
Zögernd gab die Großmutter nach und mußte sich im stillen sogar eingestehen, wie erleichtert sie war, daß ihre Enkelin die Sache so energisch in die Hand nahm. Obwohl Donna so rasch wie möglich heimkehren wollte, blieb sie dennoch eine Weile, um die Großmutter zu trösten und zu beruhigen. Als sie dann die Wohnung verließ, riet sie der alten Dame, wieder die Sperrkette vorzulegen, und versprach, daß ihre Eltern bald eintreffen würden.
Eine Viertelstunde später war sie zu Hause und platzte mit ihrer Neuigkeit heraus. Zum Glück war ihr Vater soeben vom Büro heimgekehrt. Sein Gesicht war ernst, als er seiner Tochter zuhörte.
»Ein Glück, daß du die Oma besucht hast«, sagte er »Wer weiß, wie lange es sonst gedauert hätte, bis wir das alles erfahren hätten. Am besten gehen wir gleich hin, damit sie sich keine Sorgen macht. Und ich glaube, ich werde selbst noch einmal zur Polizei gehen und mich dort genauer erkundigen.«
»Hast du denn genug Geld, um meiner Mutter zu helfen?« fragte Mrs. Fortescue. »Sonst kann ich dir ein paar Pfund vom Haushaltsgeld geben, die ich mir gespart habe. Es war zwar eigentlich für unser Jubiläum bestimmt, aber ich opfere es gern.«
Mr. Fortescue legte einen Arm um die Schultern seiner Frau.
»Behalte dein Geld nur«, sagte er. »Wir nehmen das Geld, das ich für den neuen Kühlschrank zur Seite gelegt habe. Der kann noch eine Weile warten. Und mit dem Essen eilt es auch nicht so sehr. Das können wir später einnehmen, wenn wir zuerst einmal bei deiner Mutter nach dem Rechten gesehen haben. Kommst du mit, Donna?«
Doch seine Tochter schüttelte entschlossen den Kopf.
»Ich besuche die Oma morgen noch einmal, wenn sie nicht zu uns ziehen sollte. Jetzt möchte ich lieber rasch zu Mr. Dixon gehen. Vielleicht

hat der einen guten Einfall, wie wir die Diebin finden können, bevor sie Omas Geld verpulvert hat.«
Mr. Fortescue verzog das Gesicht. Es war zwar ziemlich unwahrscheinlich, daß der ehemalige Inspektor von Scotland Yard einen Ausweg wußte, aber es konnte nicht schaden, wenn Donna mit ihm sprach.
»Gut, aber bleibe nicht zu lange«, erinnerte er seine Tochter. Dann holte er seine Ersparnisse aus der kleinen Stahlkassette und beeilte sich, mit seiner Frau die Wohnung zu verlassen.

4

Mr. Rupert Dixon, einst Inspektor von Scotland Yard, seit einiger Zeit schon im Ruhestand, war nicht wenig erstaunt, als er die Tür des kleinen, engbrüstigen Hauses in dei Cannon Street öffnete, dessen Mauern vom Ruß und den Benzinschwaden des Verkehrs geschwärzt waren. Neben der Tür hing ein Messingschild mit der Aufschrift *Dixon Detektivagentur.* Draußen standen vier Jungen und ein junges Mädchen, die ihn erwartungsvoll ansahen. Er lächelte erfreut.
»Sieh mal einer an!« meinte er gedehnt. »Die Tower-Hill-Detektive. Herein mit euch! Mich wunderte es schon, was ihr in den letzten Wochen getrieben habt.«
Die ganze Bande ließ sich nicht zweimal bitten. Donna hatte eigentlich beabsichtigt, Mr. Dixon allein zu besuchen, aber im Treppenhaus war ihr Joe King begegnet, dem sie von den Ereignissen erzählt hatte. Kein Wunder, daß Joe sofort seinen Bruder und seine Freunde geholt hatte, denn er witterte gleich ein neues Abenteuer.
Jetzt saßen sie in dem großen, ein wenig unaufgeräumten Wohnzimmer, das sie ja schon kannten. Es hatte sich nicht viel geändert. Noch immer

gab es eine Menge Schaukästen mit Schmetterlingen, die dem Zimmer ein fast museumartiges Aussehen verliehen. Das Sammeln von Schmetterlingen war das Hobby Mr. Dixons, mit dem er sich ein Leben lang beschäftigt hatte. Das Bücherregal schien überzuquellen, und es gab auch ein paar neue Stücke in der kostbaren Porzellansammlung.
»Na, was bringt euch denn zu mir?« erkundigte sich der ehemalige Inspektor und griff nach seiner Pfeife, während er einen Blick in die Runde warf. »Ich bezweifle, daß es sich um einen Höflichkeitsbesuch handelt. Man sieht euch ja schon an den Nasenspitzen an, daß ihr vor lauter Ungeduld zerspringt. Am besten erzählst du mir, Joe, was für ein Verbrechen ihr da wittert.«
Joe King, der hochgewachsene Junge mit dem offenen Gesicht, galt als der ungewählte Anführer der Bande, weil er nicht nur der Älteste war, sondern meist auch am vernünftigsten, und weil er eines Tages selbst Polizist werden wollte. Diesmal jedoch richtete er den Blick auf Donna Fortescue.
»Ich glaube, das kannst du besser als ich, Donna«, schlug er vor. Rupert Dixons Augenbrauen zuckten. Er begann bedächtig seine Pfeife zu stopfen, währen Donna aufgeregt berichtete, was sie beim Besuch der Großmutter erfahren hatte. Mr. Dixon unterbrach sie mit keiner Frage, sondern steckte nur seine Pfeife in Brand und starrte aufmerksam vor sich hin. Das Rauchen erhöhte seine Konzentration, behauptete er immer. Bald schwebten dichte Rauchwolken durch das Zimmer.
»Das ist wirklich eine sehr ernste Sache«, sagte Mr. Dixon, als Donna geendet hatte. »Es gehört schon viel Frechheit und Rücksichtslosigkeit dazu, am hellichten Tag eine alte, wehrlose Dame auszurauben. Aber zuerst einmal gilt es, deiner Großmutter zu helfen, Donna. Alte Damen wie sie machen sich gewiß Sorgen, wenn sie kein Geld haben, aber statt jemanden um Hilfe zu bitten, verhungern sie lieber, weil sie befürchten, anderen Leuten zur Last zu fallen. Ich habe diese Beobachtung schon öfters gemacht.«
»Das geht in Ordnung, Onkel Rupert«, sagte das Mädchen. »Als meine

Eltern davon hörten, sind sie gleich zu meiner Oma gegangen, um zu fragen, was sie tun können. Mein Vater hat auch genug Geld für sie mitgenommen.«

»Aha!« Mr. Dixon nickte und paffte an seiner Pfeife. »Dann muß ich mich jetzt eigentlich fragen, warum ihr zu mir gekommen seid.«

»Das liegt doch klar auf der Hand«, erklärte Joe King. »Der Polizist, der das Protokoll aufgenommen hat, behauptete, daß es ziemlich schwierig sein wird, diese Verbrecherin zu finden und zu verhaften. Er meinte sogar, daß hinter diesem Fall eine ganze Bande zu stecken scheint, weil so etwas schon öfters geschehen ist. Bis jetzt hat die Polizei noch nicht viel erreicht, aber wir können mit Sicherheit annehmen, daß diese Verbrechen nicht so rasch ein Ende nehmen werden. Ganz im Gegenteil. Vielleicht wehrt sich eines Tages eine alte Dame, wenn sie ausgeraubt wird, und dann kann es leicht zu ernstlichen Verletzungen kommen. Wenn die Polizei den alten Leuten nicht helfen kann, dann wird uns wohl nichts anderes übrigbleiben, als selbst die Augen offenzuhalten. Vielleicht entdecken wir dann, wer dahinter steckt.«

»Ihr seid alle der gleichen Meinung?« fragte Mr. Dixon und blickte seine Besucher fragend an. Sie nickten.

»Es wäre doch gelacht, wenn wir dieser Bande nicht das Handwerk legen könnten«, meinte Billy Clarke entschlossen. Mit seinem brandroten Haar und dem gedrungenen, kräftigen Körper konnte er die Ähnlichkeit mit dem Metzgermeister Clarke unmöglich abstreiten.

»Na, ganz so einfach dürfte das vermutlich nicht sein«, dämpfte Mr. Dixon seinen Eifer. »Noch wissen wir nicht mit Sicherheit, ob dahinter auch wirklich eine Bande steckt, wie die Polizei vermutet. Ganz ungefährlich dürfte die ganze Sache auch nicht sein, so daß wir also vorsichtig ans Werk gehen müssen. Die Polizei ist bis jetzt noch nicht sehr weit gekommen, wenn ich mich nicht täusche. Das läßt vermuten, daß die Verbrecher recht schlau sind oder bis jetzt viel Glück gehabt haben. Ich glaube, am besten rufe ich da mal bei Sergeant Hawkins an. Vielleicht kann uns der ein paar Hinweise geben, die uns weiterhelfen.«

Sergeant Hawkins war nicht nur der ehemalige Mitarbeiter des pensionierten Inspektors, sondern auch sein persönlicher Freund, der Mr. Dixon und den Tower-Hill-Detektiven schon so manchen Gefallen erwiesen hatte.
»Am besten machst du rasch eine Kanne Tee, Donna«, bestimmte Dixon. »Und ein paar Kekse werden wohl auch noch zu finden sein. Wir haben noch eine Menge zu besprechen, wenn ihr so fest entschlossen seid, dieses Verbrechen aufzudecken. Und es hört sich ja wirklich ganz so an!«
Dann richtete er sich auf und ging zum Telefon, um sich einmal genauer über den Stand der Untersuchungen bei der Polizei zu erkundigen. Selbst wenn Sergeant Hawkins nichts davon wußte, konnte es nicht lange dauern, bis er sich die notwendigen Informationen verschafft hatte.

5

Der Tee wartete schon, als Mr. Dixon das ziemlich lange Telefongespräch mit Sergeant Hawkins beendet hatte und wieder ins Zimmer zurückkehrte. Jetzt standen tiefe Sorgenfalten auf seiner Stirn. Seine jungen Freunde blickten ihn erwartungsvoll an.
»Das scheint wirklich eine ziemlich ernste Angelegenheit zu sein«, verriet Mr. Dixon, während fünf Augenpaare gespannt an seinem Gesicht hingen. »Sergeant Hawkins hat mir erzählt, daß bei der Polizei schon Dutzende Anzeigen ähnlicher Art eingelaufen sind. Es sieht wirklich so aus, als sei da nicht nur das Mädchen an der Arbeit. Man vermutet, daß auch ein paar Männer bei diesen Verbrechen beteiligt sind.«
»Wieso denn?« wollte Joe King wissen.

»Die Diebstähle und Schwindeleien, mit denen man ältere Menschen in der Nähe von Postämtern um ihre Renten erleichtert, gehen zweifellos auf das Konto von mindestens zwei jungen Frauen. Eine ist blond, die andere dunkelhaarig. Beide sind ungefähr im gleichen Alter. Sie wechseln zwar ständig die Orte und Methoden, um einer Entdeckung zu entgehen, aber alle Verbrechen haben bisher in der City von London stattgefunden. Mit etwas Glück und Geduld dürfte es nicht unmöglich sein, zum Ziel zu kommen. Die Polizei hat zwar eine Weile lang die Postämter bewachen lassen, aber die Beamten in Zivil sind entweder als solche erkannt worden, oder die Verbrecher haben unverschämtes Glück gehabt. Jetzt sind in allen Postämtern Warnungen veröffentlicht worden, aber auch das hat bis heute wenig genützt.«
»Und wieso vermutet man, daß auch ein paar Männer damit zu tun haben?« Ken Jones konnte seine Neugierde nicht länger bezähmen.
Mr. Dixon setzte die Tasse ab und steckte die Pfeife wieder in den Mund, die natürlich in der Zwischenzeit längst schon erkaltet war.
»Na, es ist nicht einmal gewiß, ob es da einen Zusammenhang gibt. Fest steht nur, daß es noch ein paar Schmarotzer gibt, die an den Schwächen älterer Menschen verdienen. Seit einiger Zeit werden ältere Leute auch noch auf andere Weise um weitaus größere Beträge betrogen. In Wohnungen und Häusern, in denen ältere Damen oder Ehepaare leben, sind in den letzten Wochen Männer in Overalls erschienen, die sich als Angestellte des Elektrizitäts- oder Gaswerks ausgaben. Sie behaupteten, daß schwere Schäden in den Leitungen oder Anschlüssen vorliegen, die eine sofortige Reparatur erfordern, wenn das Gas oder der Strom nicht gesperrt werden sollte. Die meisten Leute benützen Strom oder Gas, um ihre Wohnungen zu beheizen. Kein Wunder, daß sie sich einverstanden erklärten, die Hälfte der angeblich erforderlichen Reparaturkosten im voraus zu bezahlen, gegen ein Versprechen, daß diese Arbeiten dann sofort ausgeführt würden. Natürlich sahen sie danach niemanden wieder und waren geprellt. Noch schlimmer ist es, daß alte Leute oft größere Beträge in ihren Wohnungen aufbewahren, weil es ihnen manchmal zu-

viel Mühe ist, zur Bank zu gehen. Wenn diese erschwindelten, angeblichen Reparaturvorschüsse in bar geleistet werden, sieht der Verbrecher, wo die alten Leute ihr Geld aufbewahren, und das führt oft genug zu weiteren Verbrechen, nämlich zu Einbrüchen und Überfällen. Wie ihr seht, handelt es sich um eine ganz abgebrühte Bande, die keinerlei Rücksicht auf die Notlage älterer Menschen nimmt. Ganz im Gegenteil, sie rechnen mit der Leichtgläubigkeit ihrer Opfer, die sich auch kaum wehren können. Übrigens – die Überfälle bei den Postämtern und das Auftreten der falschen Monteure haben ungefähr zum gleichen Zeitpunkt begonnen, so daß die Polizei darin einen Zusammenhang sieht.«

Die Freunde blickten einander betroffen an. Das war ja noch viel schlimmer, als sie es sich vorgestellt hatten. Joe King sah mit einem Blick, was in den Köpfen seiner Freunde vor sich ging.

»Wir müssen schleunigst etwas unternehmen«, entschied er. »Sonst geht das vielleicht noch wochen- oder monatelang so weiter, bis die Verbrecher endlich einen Fehler begehen und geschnappt werden können. Bis dahin können wir nicht warten, ohne etwas zu tun. Wer weiß, wie viele arme Leute in der Zwischenzeit um ihr Geld betrogen werden.«

Rupert Dixon nickte zustimmend.

»Ich bin ganz eurer Meinung. Das alles habe ich euch nur erzählt, um euch klarzumachen, daß die ganze Sache vielleicht weitaus gefährlicher ist, als wir uns im ersten Augenblick vorgestellt haben. Wenn hinter den beiden Diebinnen eine ganze Bande steckt, vielleicht sogar ein paar entschlossene Männer, dann dürfte es nicht so einfach sein, sie zur Strecke zu bringen. Gewiß birgt diese Aufgabe ganz erhebliche Gefahren in sich.«

»Wir lassen uns nicht so leicht von diesen miesen Typen ins Bockshorn jagen«, meinte Billy Clarke entschlossen.

Mr. Dixon lächelte.

»Das glaube ich gern. Ich zweifle auch nicht an eurem Mut, aber Vorsicht ist immer angebracht«, dämpfte er Billys Eifer. »Nicht nur wegen der Gefahr, die euch selbst drohen könnte, sondern weil ein überstürzter

Teilerfolg nur zur Flucht der restlichen Bande führen würde, bevor es der Polizei gelingt, alle zugleich zu verhaften.«

»Zuerst müßten wir die Kerle einmal ausgeforscht haben«, gab Ken Jones zu bedenken. »Das wird nicht so einfach sein, wenn es der Polizei bis jetzt noch nicht gelungen ist. Wie sollen wir vorgehen?«

Mr. Dixon öffnete schon den Mund, um eine Antwort zu geben, doch Donna kam ihm zuvor.

»Das ist vielleicht der einfachste Teil. Wir wissen, daß die Diebstähle in den Postämtern der Umgebung ausgeführt werden, wenn die Leute ihre Renten abholen«, sagte sie zu ihren Freunden. »Wir brauchen also zunächst nichts zu tun, als die Ämter zu bewachen, bis eins der Mädchen wieder in Aktion tritt. Das kann vielleicht ein paar Tage dauern, oder auch eine Woche. Aber wenn wir die Aufgabe untereinander teilen, dann haben wir bessere Aussichten, zum Ziel zu kommen. Die Diebinnen werden vermutlich nur nach Polizisten Ausschau halten. Wir aber sind ihnen völlig unverdächtig.«

»Und was, wenn wir wirklich Glück haben?« fragte Billy. »Wir können doch niemanden festnehmen! Das alles wird nicht so einfach sein.«

Mr. Dixon hatte seine jungen Freunde beobachtet und mußte befriedigt feststellen, daß sie wirklich eine Menge gelernt hatten. Früher hätten sie sich kopfüber ins Abenteuer gestürzt.

»Eine Verhaftung müssen wir natürlich der Polizei überlassen«, entschied er. »Ganz abgesehen von den Schwierigkeiten, die dabei entstehen könnten, haben wir gar nicht die Berechtigung dazu. Aber das ist gar nicht der wunde Punkt. Es hat den Anschein, als ob die beiden Verbrecherinnen getrennt arbeiten. Wenn wir nicht zu voreilig sind, besteht die Möglichkeit, daß uns eine zu der anderen führt oder vielleicht gar zu weiteren Komplizen, sofern es welche gibt. Deshalb ist es am vernünftigsten, sie nur zu beobachten und zu verfolgen. Dabei müssen wir aber miteinander in Verbindung bleiben und sehr vorsichtig sein, um nicht entdeckt zu werden.«

Billy Clarke blickte enttäuscht vor sich hin. Er hungerte nach Aktion

und Abenteuer, und was Mr. Dixon soeben angedeutet hatte, erschien ihm ziemlich langweilig, auch wenn er sich selbst eingestehen mußte, daß es so wohl am vernünftigsten war.
»Aber würde das denn nicht bedeuten, einem weiteren Verbrechen zuzusehen, ohne etwas zu unternehmen?« fragte Donna. Auch sie war ein wenig von den Vorschlägen Mr. Dixons ernüchtert.
»Keineswegs«, tröstete sie Mr. Dixon, der den Eifer seiner jungen Freunde nur zu gut kannte. »Es heißt noch lange nicht, ein Verbrechen zu dulden, wenn man sich nicht unüberlegt in eine Situation stürzt, die einem dann über den Kopf wächst. Es ist wesentlich wichtiger, zuerst einmal zu ermitteln, wer die Leute sind. Und vergeßt nicht, daß die Polizei nicht ohne Beweise gegen die Verbrecher vorgehen kann. Da nützt es nicht einmal viel, wenn einer von euch als Zeuge auftreten kann. Es muß mindestens zwei Zeugen geben. Selbst dann ist noch immer nicht gewiß, daß die Täter wirklich überführt werden. Nur keine Husarenstückchen auf eigene Faust!«
Sie mußten ihm recht geben. Es war wichtiger, die ganze Bande zu stellen, als ein Mitglied davon bei einem Verbrechen zu ertappen. Dazu mußten sie alle Geduld an den Tag legen und hoffen, daß das Glück auf ihrer Seite war. Nach langer Beratung wurde endlich beschlossen, daß Billy und Kenny ein Postamt bewachen sollten. Joe King und sein jüngerer Bruder Gary ein zweites. Mr. Dixon wollte das Hauptpostamt übernehmen. Donna sollte das Postamt im Auge behalten, bei dem der Überfall auf ihre Großmutter stattgefunden hatte. Es erschien zwar recht unwahrscheinlich, daß eines der Mädchen in absehbarer Zeit wieder dort »arbeiten« würde, doch war es angebracht, auch diese Möglichkeit nicht außer acht zu lassen.
Es war schon ziemlich spät geworden, als sich die Freunde von Mr. Dixon verabschiedeten und einem neuen Abenteuer entgegenblickten, das bereits begonnen hatte.

6

Fast zur gleichen Zeit fand auch eine andere Besprechung statt, nicht allzu weit von der Cannon Street entfernt. Fünf junge Menschen, die einen ziemlich vergammelten Eindruck erweckten, saßen um den Tisch in der Küche eines Hauses in Soho. Die Küche machte einen sehr unsauberen Eindruck. Ungespültes Geschirr stand überall herum, und es roch nach kalten Bohnen.

»Was habt ihr auf die Beine gebracht?« wollte Nobby Evans wissen, ein Bursche mit einem dunklen, verwilderten Bart.

Jean Radnor, ein Mädchen mit mausbraunem Haar und grauer, etwas ungesund wirkender Haut, fischte in den Taschen der ungewaschenen Jeans herum, bevor sie ein Bündel Banknoten hervorholte.

»Zweiundvierzig Pfund«, sagte sie stolz. »Ich habe sie einer vertrottelten Alten beim Postamt abgenommen.«

Dabei verschwieg sie allerdings, daß sie fünf Pfund ihrer Beute beiseite gebracht hatte, um sich ein ausgezeichnetes Mittagessen zu kaufen und am Nachmittag ins Kino zu gehen. Sie hatte keine Lust gehabt, sich nach einem weiteren Opfer umzusehen, denn es erschien ihr zu gefährlich, und außerdem wollte sie nicht ihre Freunde durchfüttern. Sie sollten ruhig ihren Anteil selbst erarbeiten, dachte sie.

Nobby Evans' Hand schloß sich um die Banknoten.

»Nicht schlecht«, lobte er. »Am besten legst du mal ein paar Tage Pause ein, für den Fall, daß die Bullen die Augen offenhalten. Du kannst unterdessen die Kaufhäuser und Läden abklappern und sehen, was sich da ergattern läßt.«

Jean verzog das Gesicht. In den Geschäften mußte man dauernd auf der Hut sein. Dort gab es Ladendetektive und getarnte Fernsehkameras, um Ladendiebstähle zu verhüten.

Nobby Evans hatte sich bereits seinen anderen Freunden zugewandt.

»Wie steht's mit dir, Lilian?« wandte er sich an das blonde Mädchen, das das Abendessen zubereitet hatte. Als Köchin hätte es sich wohl niemals

seinen Lebensunterhalt verdienen können, denn sogar die Bohnen waren angebrannt gewesen und die Würstchen geplatzt.
Verdrossen übergab das blonde Mädchen Nobby eine Brieftasche.
»Sieh selbst nach«, sagte Lilian unfreundlich. »Lumpige fünfzehn Pfund waren darin. Ich habe sie einem Schwachkopf während der Hauptverkehrszeit in der Untergrundbahn gelüftet.«
Das Gesicht Nobbys verfinsterte sich, aber das lag weniger an dem geringen Verdienst.
»Du bist eine dumme Gans!« stieß er ärgerlich hervor. »Wie oft muß ich dir noch sagen, daß du eine Brieftasche sofort wegwerfen mußt, sobald du sie geleert hast? Wenn du hochgenommen wirst, kann dir niemand etwas beweisen. Aber wenn sie dich damit erwischen, bist du dran!«
»Es sind doch auch noch zwei Kreditkarten drinnen«, sagte Lilian verstimmt. »Hätte ich die vielleicht auch wegwerfen sollen? Und Ausweispapiere. Auf die bist du doch sonst so scharf.«
Ein wenig beschwichtigt leerte Nobby Evans die Brieftasche. Das Geld, die Ausweise und die Kreditkarten nahm er an sich. Dann richtete er sich auf, ging zu dem alten Herd und warf die Brieftasche ins Feuer.
Als er wieder zum Tisch zurückkehrte, musterten seine dunklen Augen Rick Dewey.
»Wie ist es dir ergangen?«
Rick brachte drei Handvoll Münzen zum Vorschein.
»Großer Staat ist nicht damit zu machen«, brummte er. »Die meisten Telefonzellen funktionieren schon nicht mehr, weil wir nicht die einzigen sind, die auf diese Weise zu Geld kommen wollen. Und was hast du heute geliefert?«
»Ich habe ein anderes Geschäft organisiert«, behauptete Nobby Evans. Eigentlich hieß er mit Vornamen Charles, aber jeder nannte ihn Nobby.
»Du meinst, wir sollen die heißen Kastanien aus dem Feuer holen, während du dich auf die Bärenhaut legst?« meinte Lilian säuerlich. »Aber das hängt mir langsam zum Hals heraus.«

»Quatsch doch nicht so blöd!« fuhr Nobby sie an. Aber Lilian hatte mit ihrer Vermutung gar nicht so unrecht. Nobby Evans hatte schon einige Vorstrafen und war nicht wild darauf, bei einer weiteren Dummheit erwischt zu werden. Das hätte ihm nur zu einem längeren Aufenthalt im Gefängnis verholfen, und darauf konnte er verzichten.
»Na, was organisierst du denn schon?« fuhr Lilian hartnäckig fort. »Wir müssen uns anstrengen und alles riskieren, während du nur immer große Sprüche machst.«
»Du kannst dich ja aus dem Staub machen, wenn du willst«, murrte Nobby. »Aber weit wirst du nicht kommen. Und das, was du nach Hause bringst, macht uns ohnedies nicht fett. Also geh, wenn du meinst.«
»Ach, laß Lilian doch in Frieden!« verteidigte Rick die Freundin. »Was war denn das für ein Geschäft, das du organisiert hast?«
Nobby Evans zögerte. Er war den ganzen Tag lang herumgelungert, hatte sich in einer Kneipe breitgemacht und es seinen Freunden überlassen, das Geld heimzubringen. Aber das wollte er jetzt nicht eingestehen. Er wollte den anderen doch imponieren.
»Ein alter Bekannter von mir ist an Elektrogeräten interessiert«, behauptete er. »Damit wäre ein Geschäft zu machen, wenn wir liefern können. Auf diese Weise kämen wir endlich mal zu einer Stange Geld.«
»Leider haben wir keine Elektrogerätefabrik, die uns die Ware spottbillig liefert«, erinnerte ihn Mike Kelly.
»Du hast ja auch keine Erbtante, die dir zu einem sorgenlosen Leben verhilft«, antwortete Nobby Evans bissig. »Also werden wir dafür sorgen müssen, daß wir zu Geld kommen. Wir wollen ja schließlich nicht ewig hier in London bleiben. Da wird das Pflaster unter unseren Schuhen langsam zu heiß.«
»Was hast du denn vor?« fragte Rick gedehnt.
»Nachdem wir keine Elektrogeräte besitzen, müssen wir sie uns eben verschaffen«, erklärte Nobby. »Das dürfte kein Problem darstellen. Ich habe schon einen kleinen Laden ausgekundschaftet, in dem alles zu ho-

len ist. Keine Alarmanlage, mit der wir uns herumärgern müssen. Ich schätze, es dauert nicht länger als eine Stunde, den Laden auszuräumen.«
»Einen Einbruch meinst du also?« Mike begriff. »Ist das nicht zu riskant?«
»Riskant ist heutzutage schon eine Straßenkreuzung«, erwiderte Nobby. Er verachtete seine Kumpane.
Sie waren Anfänger, auch wenn sie sich für abgebrühte Burschen hielten. Er hatte ihnen erst beibringen müssen, wie einfach es war, auf anderer Menschen Kosten zu Geld zu kommen. Jetzt beschwerten sie sich darüber, daß er nicht genug dazu beitrug. Allerdings ahnten sie nicht, daß er schlau genug gewesen war, einen Teil der Einnahmen zur Seite zu legen. Sie würden ja schließlich nicht immer zusammenbleiben, immer vorausgesetzt, daß ihnen die Polizei nicht vorher noch einen Strich durch die Rechnung zog.
»Wann soll die Sache stattfinden?« fragte Rick.
»Es kommt darauf an, wie rasch du uns einen fahrbaren Untersatz beschaffen kannst«, antwortete Nobby. »Es braucht nicht unbedingt ein Rolls-Royce zu sein. Irgendein Schlitten genügt, der groß genug ist, um möglichst viel hineinzupacken.«
»Sollen Lilian und ich mitkommen und Schmiere stehen?« erbot sich Jean.
»Wozu denn?« fragte Nobby verächtlich. »Die Augen können wir selbst offenhalten. Ihr nehmt uns nur kostbaren Platz im Wagen weg. Ohne Wagen geht es nicht, denn wir können die Beute ja nicht mitten in der Nacht auf dem Buckel schleppen. Das dürfte sogar dem dümmsten Polizisten sonderbar erscheinen. Wann kannst du das erledigen, Rick?«
Rick war einmal Monteur in einer Garage gewesen und kannte sich mit Fahrzeugen aus. Jetzt blickte er mit gerunzelter Stirn vor sich hin.
»Wenn du keine besondere Marke verlangst, ist das ein Kinderspiel. Das habe ich in einer halben Stunde erledigt.«
Nobby Evans wurde unruhig. So sehr eilte es nicht. Er hatte ja noch

nicht einmal einen Käufer ermittelt, wenn der Einbruch wirklich gelingen sollte.
»Heute nacht ist es schon zu spät«, hielt er Rick zurück. »Ich muß mich morgen noch einmal genauer umhören. Wenn dann alles klappt, erledigen wir die Sache morgen nacht.«
»Hoffentlich springt da endlich mal ein größerer Batzen heraus«, meinte Lilian. »Der Dreh mit den Postämtern wird nämlich auf die Dauer gefährlich. Jetzt haben sie an den Schaltern schon Warnplakate angebracht. Außerdem bin ich neulich beinahe an eine alte Schachtel geraten, die ich schon einmal hereingelegt habe. Ich mußte mich rasch verdrükken, damit sie mich nicht erkannte.«
Nobby Evans mußte zugeben, daß Lilian recht hatte. Es wurde wirklich Zeit, daß sie entweder einen Szenenwechsel vornahmen oder sich eine andere Masche einfallen ließen, um zu Geld zu kommen. Man mußte dauernd der Polizei um einen Sprung voraus sein, sonst ging es einem an den Kragen.
»Ein paarmal wird es schon noch klappen«, vertröstete er das Mädchen. »Wir müssen zusehen, daß wir uns eine anständige Geldreserve zulegen. Dann können wir alle eine Weile ausspannen. Seht zu, was ihr in den nächsten Tagen auf die Beine bringen könnt. Dann halten wir noch einmal großen Kriegsrat und überlegen, wie alles weitergehen soll.«
Lilian warf Jean einen verstohlenen Blick zu. Sie hatten schon längst heimlich besprochen, daß sie sich genausogut selbständig machen konnten, jetzt, da sie gelernt hatten, wie man ohne harte Arbeit zu Geld kommen konnte. Aber davon brauchten Nobby und seine Freunde vorläufig noch nichts zu wissen. Es schadete ja nichts, wenn sie bald die Beute teilten und dann jeder seinen eigenen Weg ging.
»Na schön! Warten wir ab, was sich im Lauf dieser Woche entwickelt«, meinte Mike. »Danach wird uns schon etwas einfallen.«

7

Während der nächsten beiden Tage ereignete sich herzlich wenig, was den Tower-Hill-Detektiven zu einer Lösung geholfen hätte. Die Hoffnung, es würde Mr. Dixon und seinen jungen Freunden rasch gelingen, die Verbrecher zu stellen, erfüllte sich nicht. Zwar beobachteten sie die Postämter, doch sie konnten nichts Ungewöhnliches entdecken, obwohl sie scharf aufpaßten. Es war also nicht verwunderlich, daß ihre Aufmerksamkeit nachließ und sich die Langweile einstellte. Trotzdem gaben sie noch nicht die Hoffnung auf, ihr Ziel zu erreichen. Sie mußten nur ein wenig Geduld zeigen, versicherte Mr. Dixon immer wieder.
Zwei Tage nach der Besprechung mit Inspektor Dixon hielt nach Einbruch der Dunkelheit unweit der Cannon Street ein rostiger alter Wagen in einer Seitenstraße. In ihm saßen die drei jungen Männer aus Soho, die den Plan zu einem Einbruch besprochen hatten.
Der Wagen hielt nur lange genug an, um zwei der Männer aussteigen zu lassen. Sekunden später waren Nobby Evans und Mike Kelly im dunklen Schatten eines Ladeneingangs verschwunden, so daß niemand sie sehen konnte. Rick fuhr rasch weiter, bis er die nächste Ecke erreicht hatte. Dort hielt er an und stieg ebenfalls aus. Er kehrte allerdings nicht zu seinen Freunden zurück, sondern eilte quer über die Straße, wo er in einer Toreinfahrt verschwand, von der aus er beide Straßen beobachten konnte, ohne selbst gesehen zu werden.
Seine beiden Begleiter hatten sich in der Zwischenzeit bereits mit dem Türschloß des Ladens beschäftigt. Es handelte sich um ein kleines Geschäft, wo man Elektrogeräte verkaufte und auch Reparaturen übernahm. Nobby Evans hatte festgestellt, daß der Besitzer jeden Abend den Laden verschloß und dann in eine andere Gegend fuhr, in der er zu wohnen schien. Allerdings war es Nobby in der Zwischenzeit noch immer nicht gelungen, einen Hehler für das Diebesgut zu finden. Doch er würde später nicht um eine Entschuldigung verlegen sein und hoffte, die Beute würde sich irgendwie versilbern lassen.

Ein paar Schlüssel klirrten leise, doch es dauerte mehrere Minuten, bevor es endlich im Schloß knackte. Mike atmete erleichtert auf. Lautlos öffnete sich die Tür, und der Lichtkegel einer Taschenlampe leuchtete kurz auf. Mike trat wieder auf die Straße und winkte kurz in die Richtung, wo er seinen Komplizen vermutete. Dann schlüpfte auch er in den Laden und schloß die Tür hinter sich.

»Leg den Riegel vor und paß auf, daß uns niemand überrascht«, flüsterte Nobby Evans. Wieder blendete die Taschenlampe auf, beschrieb einen Halbkreis und erhellte schließlich die Ladenkasse.

Doch gleich darauf mußte Nobby enttäuscht feststellen, daß die Kasse leer war. Der Ladenbesitzer hatte sie ausgeräumt, bevor er nach Hause gefahren war. Nobby würgte einen Fluch hinunter und schlich in die kleine Werkstatt. Hier konnte er es sogar wagen, das Licht einzuschalten, nachdem er die Tür hinter sich geschlossen hatte. Dennoch wartete auch hier nur eine Enttäuschung auf ihn. Drei Fernsehgeräte, in Reparatur befindlich und teilweise zerlegt, standen auf einer Werkbank. In den Regalen befanden sich nur Ersatzteile. Die große Beute, von der er geträumt hatte, gab es nicht. Er schnaubte leise, schaltete das Licht aus und glitt wieder nach draußen. Schon jetzt war er sich klar darüber, daß dieser Einbruch nicht sehr lohnenswert ausfallen würde. Dennoch wollte er nicht mit leeren Händen wieder abziehen. Die anderen würden nur mekkern und ihm die Schuld für die Blamage geben. Er leuchtete um sich und nahm ein paar Transistorgeräte vom Verkaufspult und trug sie zur Tür hin. Sie würden sich für ein paar Pfund verkaufen lassen, aber sie brachten kein Vermögen ein. Er warf einen kurzen Blick auf die Straße hinaus, doch dort war alles still. Die meisten Leute saßen jetzt entweder beim Essen oder vor dem Fernseher.

Wieder leuchtete er herum und entschloß sich, auch noch ein paar Fernsehgeräte mitzunehmen. Es würde sich schon irgendein Käufer für sie finden, und an ihnen ließ sich besser verdienen. Mit den übrigen Haushaltsgeräten gab er sich gar nicht erst ab. Sie bereiteten mehr Verdruß, als sich lohnte. Er wandte sich seinem Begleiter zu.

»Geh raus und sage Rick Bescheid!« befahl er. »Er soll den Wagen bringen. In diesem Laden ist leider nicht viel zu holen. Aber halte die Augen offen.«
Während sein Begleiter auf die Straße huschte, suchte er den Laden noch einmal genau ab, fand jedoch nur noch einen Küchenmixer für den eigenen Bedarf mitnehmenswert. Wenn er sich vorstellte, daß er wegen dieser ärmlichen Beute riskierte, ins Gefängnis zu kommen, dann stieg ihm die Galle hoch.
Draußen war sein Komplize zur Straßenecke geeilt und blickte suchend um sich. Rick hatte es doch hoffentlich nicht mit der Angst zu tun bekommen und sich aus dem Staub gemacht, dachte er. In diesem Augenblick hörte er ein leises Geräusch hinter sich und fuhr herum. Rick trat aus der Deckung und eilte herbei.
»Was ist los?« erkundigte er sich beunruhigt.
»Wir brauchen den Schlitten, um alles abzuholen. Mach schnell, sonst wird Nobby ungemütlich.«
Sie eilten auf den Wagen zu und stiegen ein. Es hatte zu nieseln begonnen, und die Windschutzscheibe war beschlagen. Der Anlasser jaulte, doch der Motor sprang nicht an. Ein zweiter und dritter Versuch brachten kein besseres Resultat. Es bestand nur die Gefahr, daß die Batterie erschöpft wurde, und dann kamen sie überhaupt nicht mehr vom Fleck.
»Verfluchte Rostmühle!« schimpfte Rick. »Ich habe gleich gesagt, wir sollten uns einen besseren Wagen besorgen, aber dazu hatte Nobby keine Geduld. Hast du die Lampe?«
Sie stiegen wieder aus und hoben die Motorhaube hoch. Während Mike mit der Lampe leuchtete, bastelte Rick eine Weile lang am Motor herum, ohne jedoch den Schaden beheben zu können. Er hatte Angst, ein Polizist könnte kommen und Fragen stellen. Dann waren sie geliefert. Wieder betätigte er den Anlasser, aber bald war die Batterie wirklich am Ende. Er fluchte wütend.
»Mit der Karre schaffen wir es niemals«, behauptete er ärgerlich. »Es

wird uns wohl nichts anderes übrig bleiben, als zu Fuß zu verschwinden.«
»Bist du verrückt?« empörte sich sein Komplize. »Nobby hat 'ne ganze Ladung Ware, die wir wegschaffen müssen. Wir können doch nicht jeder mit einem Fernsehgerät unter dem Arm in der Nacht herumspazieren. Da würde es nicht lange dauern, bis uns ein Bulle stellt.«
Einen Augenblick lang war Rick versucht, vorzuschlagen, sie sollten ihr Diebesgut einfach zurücklassen. Doch er kannte seine Freunde. Ganz besonders Nobby. Es würde höchstens zu einem Streit kommen, bei dem man ihm die ganze Schuld in die Schuhe schob. Er dachte verzweifelt nach. An der alten Klapperkiste verschwendete er nur seine Zeit.
»Geh zurück und sag Nobby Bescheid«, bestimmte er. »Ich werde mich in der Zwischenzeit nach einem anderen fahrbaren Untersatz umsehen. Aber das kann 'ne Weile dauern. Am besten wartet ihr in dem Laden auf mich. Ich bin so rasch wie möglich wieder zurück.«
Ohne eine Antwort abzuwarten, wandte er sich ab und eilte davon. Mike blickte unsicher hinter ihm her, bevor er zu dem Laden zurückkehrte. Nobby würde schimpfen wie ein Rohrspatz. Er wußte es, aber es war nicht seine Schuld, und er konnte auch nichts daran ändern.

8

Nicht weit entfernt entdeckte Rick zwei Wagen, doch sie waren versperrt, und er ahnte, daß es wenig nützen würde, sich an sie heranzumachen. Beide waren mit einer Lenkradsperre ausgestattet, die er ohne den passenden Schlüssel nicht so leicht aufkriegen konnte. Er brauchte einen älteren Wagen, der ihm weniger Schwierigkeiten bereitete. Er zog die Schultern ein und hastete durch den nieselnden Regen, der sich verstärkt hatte. In kurzer Zeit würde er vollkommen durchnäßt sein und sich am Ende sogar noch eine Erkältung holen. Am liebsten hätte er Mike und Nobby im Stich gelassen und sich aus dem Staub gemacht.

Plötzlich blieb er stehen. Der kleine Morris auf der anderen Straßenseite war für seine Zwecke geradezu ideal. Er war sicher schon fünfzehn Jahre alt oder noch mehr, aber ein Blick verriet ihm, daß er gut in Schuß gehalten war. Hoffentlich ließ sich das auch vom Motor behaupten, dachte er. Zwar war der Kofferraum nicht sehr groß, und auch innen war kein Übermaß an Platz vorhanden, aber er würde ausreichen. Daß dieser Wagen ausgerechnet einem pensionierten Inspektor der Polizei gehörte, konnte er nicht ahnen, doch ein Blick auf das Messingschild neben der Haustür hätte ihn eigentlich warnen sollen. Doch darauf achtete Rick gar nicht. Der Regen trieb ihn zur Eile, und seine Freunde warteten gewiß schon ungeduldig auf seine Rückkehr.

Vorsichtig schielte er die Straße entlang, streifte auch das Haus, vor dem der Wagen stand, mit einem Blick, doch hinter den Fenstern war alles dunkel.

Es war ein Werk von Sekunden, mit einer Drahtschlinge die Tür zu öffnen und einzusteigen. Dann beugte er sich zum Armaturenbrett hinunter und beschäftigte sich kurz mit den Drähten. Als er zwei miteinander verband, sprang der Motor an. Rick ginste zufrieden vor sich hin, legte den Gang ein und schoß davon. Gleich darauf war er um die Ecke gebogen und stellte erleichtert fest, daß er nicht verfolgt wurde.

Bald sah er den kleinen Laden vor sich und fuhr auf ihn zu. Als er anhielt, schaltete er zur Vorsicht den Motor nicht ab. Er wollte keine Sekunde länger als notwendig in dieser Gegend verbringen, für den Fall, daß der Besitzer des Wagens den Diebstahl entdecken und die Polizei benachrichtigen sollte.

Mit langen Schritten lief er zur Ladentür und klopfte aufgeregt an die Scheibe. Eine Sekunde später wurde die Tür geöffnet. Wie zwei dunkle Schatten sah er seine Freunde vor sich stehen.

»Los! Beeilt euch!« knurrte er. »Ich habe einen Schlitten, aber wir ver-

schwinden am besten so rasch wie möglich, bevor etwas schiefgeht. Was ist einzuladen?«
Statt einer Antwort wuchtete Nobby ein Fernsehgerät hoch und drückte es ihm in die Arme.
»Bring den Rest!« befahl er Mike, während er bereits nach dem nächsten Gerät griff. In Eile luden sie die Beute in den gestohlenen Wagen, während sie nervös in die Dunkelheit hineinschielten und befürchteten, jeden Augenblick könnte ein Polizist sie bei ihrem Treiben überraschen. Es dauerte immerhin ein paar Minuten, bevor alles sicher verstaut war. Dann quetschten sich die drei Burschen zwischen ihre Beute, und bald darauf jagte der kleine Morris mit quietschenden Reifen davon, bis Rick eine größere Strecke zwischen sich und den Laden gelegt hatte. Danach verlangsamte er das Tempo, um kein Aufsehen zu erregen. Zwar war es keine bequeme Fahrt für die drei Verbrecher, und auch das Resultat des Einbruches war ziemlich enttäuschend gewesen, doch waren sie wenigstens nicht überrascht worden dabei. Mit jeder Minute, die sie näher zu ihrem Ziel brachte, wich die Angst ein bißchen mehr von ihnen.
Vermutlich wäre das Verbrechen erst am nächsten Morgen durch den Ladenbesitzer entdeckt worden, doch es kam anders als erwartet.
Es waren nach der Flucht der Verbrecher noch keine zehn Minuten vergangen, als Mr. Dixon aus dem kleinen Pub zurückkehrte, wo er Sergeant Hawkins getroffen und mit ihm ein Bierchen getrunken hatte. Viel hatte er dabei jedoch nicht über den Fall erfahren können, an dem er und seine jungen Freunde schon seit zwei Tagen erfolglos arbeiteten. Es war keine weitere Meldung von ähnlichen Verbrechen aus einem anderen Stadtteil eingetroffen. Das ließ vermuten, daß die Diebsbande entweder eine Weile lang genug Geld besaß oder es für ratsam hielt, eine Pause einzulegen, um nicht entdeckt zu werden. Ja es bestand sogar die Möglichkeit, daß sie London verlassen hatte, um eine andere Gegend unsicher zu machen, doch daran wollte Inspektor Dixon nicht so recht glauben. Den Beschreibungen nach zu schließen, die die Polizei bereits vorliegen hatte, mußte es sich um eine Bande von zwei Mädchen und

drei jüngeren Männern handeln, von denen einer einen dunklen Bart trug. Doch damit war nicht viel zu erreichen. Mr. Dixon konnte nur hoffen, daß die Bande einen Fehler beging, der zu ihrer Entlarvung führen würde.

Er war so sehr in seine Gedanken versunken, daß er schon vor seiner Haustür stand und nach dem Schlüssel griff, bevor er den Kopf wandte und auf die Stelle starrte, an der er immer seinen alten Morris parkte. Seine Augen weiteten sich ungläubig. Dort, wo sonst sein geliebter Wagen stand, klaffte jetzt nur eine große Lücke.

Das darf nicht wahr sein, dachte er bekümmert. Automarder waren üblicherweise hinter flotten, modernen Automobilen her, die sich teuer verkaufen ließen. Das jedoch konnte man von dem alten Morris beim besten Willen nicht behaupten. Es gab nicht viele Menschen, die an dem altmodischen Fahrzeug noch Freude gehabt hätten. Dennoch war es Mr. Dixon so sehr ans Herz gewachsen, daß er sich nicht entschließen konnte, es gegen einen modernen Wagen einzutauschen. Jetzt war er wie vor den Kopf geschlagen und suchte krampfhaft nach einer Erklärung, wie der Wagen verschwunden sein konnte. Er ging zu der Parklücke hin und blickte suchend um sich, als müßte der Morris ohne Zweifel ganz in der Nähe sein. Doch er war nicht etwa von ein paar übermütigen Jungen davongeschoben worden, wie er schon bald erkannte. Es gab nur eine Antwort. Jemand mußte ihn gestohlen haben, auch wenn der Grund dafür nicht so offensichtlich war.

Entschlossen betrat er das Haus und hastete zum Telefon. Die polizeiliche Anzeige war bald erstattet, und man versicherte ihm, daß man sich darum kümmern würde. Doch das bereitete Mr. Dixon nur einen schwachen Trost. Zur Vorsicht besuchte er einen Nachbarn, doch der hatte nichts gesehen oder gehört und war fast so sehr wie Mr. Dixon über den Diebstahl betroffen.

Allerdings dauerte es fast eine Stunde, bevor ein Polizeibeamter eintraf und sich für die Verzögerung entschuldigte. Er war bereits auf dem Weg zu Mr. Dixon gewesen, als man ihn von einem Einbruch benachrichtigte, der nicht weit von der Cannon Street ausgeführt worden war. Kein Wunder, daß sich Mr. Dixon dabei der Verdacht aufdrängte, der Diebstahl seines Wagens könnte etwas mit dem Einbruch zu tun gehabt haben. Der Polizist notierte sich die erforderlichen Einzelheiten und versprach, sein Bestes zu tun. Aber Inspektor Dixon hatte lange genug bei der Polizei gedient, um sich große Hoffnungen zu machen, daß er seinen Wagen jemals wiedersehen würde. Und wenn doch, dann höchstens als zuschanden gefahrenes Wrack.

Verstimmt ging er wenig später zu Bett. Die Frage wollte ihm nicht aus dem Kopf, weshalb jemand ausgerechnet seinen Wagen gestohlen hatte und wo sich dieser jetzt wohl befinden mochte. Hing es wirklich mit dem Einbruch in der Nähe zusammen, oder hatten ihn ein paar Bengel geklaut, um damit eine Spazierfahrt zu machen? Wenn ihm der Dieb jemals über den Weg laufen sollte, dann würde er es rasch bereuen, sich an Inspektor Dixons Eigentum vergriffen zu haben. Nach langer Zeit schlief er ein, doch selbst im Schlaf verfolgten ihn noch unruhige Träume.

9

Dixon hatte in der Nacht nur schlecht geschlafen, und am Morgen war die Erinnerung an die Ereignisse sofort wieder da. Es hielt ihn nicht länger in seinem Bett. Er stand auf und wollte zum Badezimmer gehen. Um so erstaunter war er, als er nach einem flüchtigen Blick aus dem Wohnzimmerfenster etwas sah, das ihn am eigenen Verstand zweifeln ließ. Zuerst glaubte er, seine Augen hätten ihn getäuscht, doch als er zur Haustür eilte und sie aufriß, sah er den Morris vor sich stehen, als sei er niemals fort gewesen. Dabei hatte er doch am vergangenen Abend nur

ein kleines Bierchen getrunken! Er rieb sich die Augen, doch der Spuk löste sich nicht auf. Der Milchmann warf ihm einen verwunderten Blick zu, als Mr. Dixon im gestreiften Schlafanzug auf die Straße eilte und ungläubig um den Morris herumging. Dabei mußte er mit freudiger Überraschung feststellen, daß der Wagen nicht einmal beschädigt war.
Unter dem Scheibenwischer steckte ein Briefumschlag. Zuerst glaubte Inspektor Dixon schon, es könnte sich um einen Strafzettel wegen unerlaubten Parkens handeln, doch als er nach dem Umschlag griff, sah er, daß es sich um kein amtliches Dokument handelte. Jetzt erst kam ihm zu Bewußtsein, daß er noch immer den Schlafanzug trug und die spöttischen Blicke der Passanten auf sich zog. Fast fluchtartig kehrte er wieder in sein Haus zurück. Dort öffnete er den Umschlag und faltete den darin enthaltenen Bogen auseinander. Es war eine in Druckbuchstaben verfaßte Nachricht.

»Lieber (unbekannter) Herr!
Ich hoffe, Sie können mir verzeihen, daß ich mich durch ungewöhnliche Umstände dazu gezwungen sah, Ihren Wagen auszuleihen. Ich befand mich auf dem Weg zum Krankenhaus, als mein eigener Wagen eine Panne hatte. Ihr Wagen war der einzige unversperrte. Wenn ich Ihnen durch meine Handlung Schwierigkeiten oder große Sorgen bereitet habe, dann bitte ich Sie aufrichtig um Verzeihung. Als Zeichen meiner Dankbarkeit füge ich eine Karte für die Oper bei und hoffe, daß Sie auf diese Weise entschädigt werden.

Ein Unbekannter«

Mr. Dixon starrte mit gerunzelter Stirn auf das Schreiben. Das war eine recht sonderbare Angelegenheit, dachte er, doch die Freude, seinen Wagen unbeschädigt wieder vor sich zu sehen, war stärker als der Ärger, den er in der vergangenen Nacht verspürt hatte. Er musterte die Opernkarte und stellte fest, daß sie für den heutigen Tag galt. Wie lange war es schon her, seit er das letztemal in der Oper gewesen war? Mindestens

ein Jahr. Immer wieder hatte er es sich vorgenommen, aber dann war ihm jedesmal etwas dazwischengekommen. Es war fast, als habe der Unbekannte seinen Geschmack treffsicher erraten. Zwar blieb es eine Unverschämtheit, den Wagen ohne Erlaubnis genommen zu haben, ja ein Verbrechen sogar, doch wenigstens war der Fremde so anständig gewesen, ihn wieder zurückzubringen. Mit einem so günstigen Ausgang der unerquicklichen Sache hatte Mr. Dixon gar nicht rechnen können.
Nachdem er ins Bad geeilt war, sich gewaschen und angezogen hatte, untersuchte er das Auto ein zweites Mal und noch genauer, aber es hatte wirklich keinen Kratzer! Langsam wich sein Ärger. Was hätte er nur ohne den Morris gemacht?
Dann kehrte er wieder in das Haus zurück und rief die Polizei an, um die sonderbaren Ereignisse zu melden. Sosehr ihn auch interessierte, wer der Unbekannte war, er konnte es den Leuten von Scotland Yard nicht zumuten, sich genauer damit zu befassen. Dort hatte man Wichtigeres zu tun, als solche Kleinigkeiten auszuforschen. Der Wagen war wieder da, und das war die Hauptsache. Zwar wunderte er sich, wie es einem harmlosen Autofahrer gelungen war, die versperrte Tür zu öffnen, ohne sie zu beschädigen, und den Motor ohne Zündschlüssel in Gang zu bringen. Vielleicht war der Fahrer Mechaniker gewesen und verstand etwas von solchen Dingen. Aber in einem Punkt log der Briefschreiber ganz gewiß, wenn er nämlich behauptete, der Morris sei unversperrt gewesen. Ein solcher Fehler war Mr. Dixon bisher noch nie unterlaufen!
Während er sich rasch das Frühstück zubereitete, grübelte er noch immer über die sonderbaren Ereignisse nach. Vielleicht sollte er den Wagen nach Fingerabdrücken untersuchen lassen, dachte er. Aber selbst dann hätte das alles wohl kaum zu einer befriedigenden Antwort geführt. Eines wenigstens hatte er aus der ganzen Sache gelernt. Er würde eine Lenkradsperre einbauen lassen, damit sich solch unliebsame Ereignisse nicht wiederholen konnten.
Er zwang sich dazu, wieder an andere Dinge zu denken. Nun mußte er

schleunigst zum Hauptpostamt, um dort wieder seinen Posten einzunehmen. Er spülte rasch das Frühstücksgeschirr, steckte die Opernkarte in die Brieftasche und war bald darauf auf dem Weg. Das war ein verrückter Tag heute! Er würde sich anstrengen müssen, um sich auf seine Aufgaben zu konzentrieren.

10

Obwohl Joe King scharf aufpaßte, faßte er zuerst keinen Verdacht gegen das junge, dunkelhaarige Mädchen im Postamt, das sich der Schlange angeschlossen hatte. Es kamen ja den ganzen Tag so viele Menschen hierher, um Briefmarken zu kaufen oder Päckchen aufzugeben. Sein jüngerer Bruder Gary hatte einen Botengang für die Mutter erledigen müssen und wollte erst später kommen.
Das erste Mißtrauen erwachte in ihm, als sich ein alter Mann vom Schalter abwandte und ein kleines Bündel Banknoten sorgfältig in die Brieftasche steckte. Anscheinend hatte er soeben einen größeren Betrag vom Konto abgehoben. Während der Mann dem Ausgang zustrebte, wandte sich auch das Mädchen ab, noch bevor es den Schalter erreicht hatte. Das kam Joe recht sonderbar vor.
Er wartete, bis ihm das Mädchen den Rücken zugewandt hatte, und flitzte dann aus dem Hauptpostamt. Der alte Mann stand auf der Straße und blickte in beide Richtungen, als könnte er nicht entscheiden, wohin er sich wenden sollte. Dann jedoch entfernte er sich. Joe blieb stehen und sah, daß das Mädchen dem alten Herrn folgte. Sein Mißtrauen steigerte sich. Da war doch etwas im Gange! Er stieß die Hände in die Hosentaschen und folgte den beiden in sicherem Abstand. Dabei bedauerte er allerdings, daß Gary ausgerechnet in diesem Augenblick nicht da war.

Er hätte ihn zu Mr. Dixon schicken können, um ihn davon zu benachrichtigen, daß er einen Verdacht geschöpft hatte und nun die Verfolgung aufnahm.
Der alte Mann und das Mädchen entfernten sich immer mehr vom Postamt, doch keiner von ihnen schien zu ahnen, daß er verfolgt wurde. Joe sah, wie das Mädchen im Gehen seine Handtasche öffnete und irgend etwas herausnahm, das er nicht erkennen konnte. Handelte es sich am Ende um eine Waffe? überlegte Joe aufgeregt. Er wollte es nicht so recht glauben. Das gab es doch nur im Film. Dennoch verkürzte er zur Vorsicht den Abstand, um im Notfall schneller eingreifen zu können.
Der alte Mann hatte soeben eine schmale Unterführung für Fußgänger erreicht, als hinter ihm die Stimme des Mädchens erklang.
»Entschuldigen Sie! Sie da, mein Herr!«
Joe beobachtete, wie der Mann stehenblieb und sich mit verwundertem Gesicht umdrehte. Das Mädchen schwenkte eine Brieftasche über dem Kopf. Das mußte wohl der Gegenstand sein, den es aus der Handtasche genommen hatte, ahnte Joe. Er hielt in einiger Entfernung an und wußte nicht, was das alles zu bedeuten hatte.
»Ich glaube, Sie haben Ihre Brieftasche verloren«, sagte das Mädchen, als es nun auf den Mann zueilte. Langsam begriff Joe, was es beabsichtigte, und er staunte über die Frechheit, deren Zeuge er da wurde. Er wußte nicht so recht, was er unternehmen sollte. Bis er einen Polizisten holte, konnte es längst schon zu spät sein, und wenn er selbst eingriff, gab er der Diebin nur Anlaß zur Flucht. Außerdem hatte Mr. Dixon doch angeordnet, er sollte nur die Augen offenhalten. Also tat er so, als interessiere er sich sehr für das nächstbeste Schaufenster, während er aus dem Augenwinkel das Geschehen verfolgte.
Bei den Worten des Mädchens griff der alte Mann in die Brusttasche seiner Jacke. Seine Fingerspitzen spürten die Brieftasche, doch er nahm sie nicht heraus. Er war schon zweimal in seinem Leben bestohlen worden und brachte deshalb fremden Menschen genügend Mißtrauen entgegen.

»Tut mir leid, Miß, aber Sie müssen sich geirrt haben«, sagte er. »Diese Brieftasche gehört mir nicht.«
Doch so leicht gab sich Jean nicht geschlagen. Sie glaubte noch immer, ihr Opfer überlisten zu können.
»Aber ich habe doch gesehen, wie sie Ihnen aus der Jacke gefallen ist«, versuchte sie ihr Glück noch einmal.
»Mir nicht«, widersprach der alte Herr resolut. »Sehen Sie doch mal nach, ob sich etwas von Wert oder eine Adresse darin befindet. Tragen Sie das Ding zur Polizei. Wenn jemand es verloren hat, wird er sich schon an die Polizei wenden.«
Jean erkannte enttäuscht, daß sie diesmal an jemanden geraten war, der sich nicht so leicht hereinlegen ließ. Dieser Mann war vorsichtiger als die meisten Leute. Sie schüttelte ärgerlich den Kopf.
»Na, dann bringe ich sie eben zur Polizei«, sagte sie verstimmt und wandte sich ab, um in die Unterführung zu treten. Der Mann, der ahnungslos seinem Schicksal entkommen war, blickte kopfschüttelnd hinter ihr her, bevor er weiterging.
Jetzt erst setzte sich Joe in Bewegung und eilte ebenfalls in die Unterführung hinunter. Er war erleichtert darüber, daß er nicht dazu gezwungen worden war, einzugreifen. Er konnte hallende Schritte hören, die sich entfernten. Rasch lief er weiter. Als er um die Ecke bog, sah er, wie das Mädchen stehenblieb und die Brieftasche wieder in seiner Handtasche verstaute. Anscheinend hatte es nicht die Absicht, damit zur Polizei zu gehen. Joe grinste zufrieden vor sich hin. Diesmal hatte die Diebin ihr Ziel nicht erreicht, aber sich dennoch verraten. Er wußte, daß er ihr unauffällig folgen mußte und sie nicht aus den Augen verlieren durfte. Vielleicht versuchte sie nun ihr Glück anderswo oder führte ihn zu ihren Freunden. Wenn jetzt nur Gary dagewesen wäre! Zu zweit wäre es viel einfacher gewesen, die Unbekannte zu verfolgen, ohne sie mißtrauisch zu machen.
Eigentlich hatte er erwartet, die Frau würde zum Postamt zurückkehren, um dort nochmals einen Versuch zu wagen. Doch der Fehlschlag

schien ihr den Mut geraubt zu haben. Sie verließ die Unterführung, ging auf die Straße hinauf und blickte unschlüssig um sich. Dann gab sie sich einen Ruck und schritt entschlossen weiter. Joe King zögerte nicht lange und folgte der Diebin in sicherem Abstand, um nicht gesehen zu werden.

11

Als sie die Oxford Street erreichten, ging Joe King ein wenig schneller, um den Abstand zu verkürzen. Auf der großen Geschäftsstraße herrschte immer viel Betrieb, und er wollte die Diebin nicht aus den Augen verlieren. Zum Glück boten ihm die vielen Menschen auch Dekkung, so daß er nicht auffiel. Eine Weile lang verfolgte er das Mädchen, das ziellos herumzuwandern schien. Hier und da blieb es vor einem Schaufenster stehen, aber es betrat keinen der Läden. Joe King fragte sich, was die Diebin jetzt wohl beabsichtigte. Hielt sie nach einem weiteren Opfer Ausschau, oder gab es einen anderen Grund, weshalb sie hierhergekommen war?
Die Antwort erhielt er bald darauf, als das Mädchen ein großes Kaufhaus betrat. Obwohl ihm Joe dicht auf den Fersen gewesen war, hatte er es schon Sekunden später in dem Gedränge aus dem Auge verloren. Er spürte Ärger und Enttäuschung. War es möglich, daß das Mädchen den Verfolger entdeckt hatte? In diesem Fall würde es nun wahrscheinlich versuchen, sich durch einen Seitenausgang davonzumachen. Es wäre eine schöne Blamage gewesen, wenn er Mr. Dixon und seinen Freunden berichten mußte, daß ihn das Mädchen abgehängt hatte. Schlimmer noch war es, daß sich in diesem Fall wohl keine zweite Gelegenheit ergeben würde, es zu seinen Komplizen zu verfolgen.

Er bahnte sich einen Weg durch das Gedränge. Als er dabei eine dicke Frau anstieß, warf sie ihm einen bitterbösen Blick zu und schimpfte über die heutige Jugend, die keine Manieren kannte. Joe kümmerte sich nicht darum, sondern eilte zu einer Treppe. Er stieg ein paar Stufen hoch und wandte sich dann um. Von hier aus war das Erdgeschoß des Kaufhauses leichter zu überblicken. Allerdings war es nicht einfach, die Gesuchte unter den vielen Menschen zu finden, die hier ihre Einkäufe tätigten. Es wimmelte wie in einem Ameisenhaufen. Erst an dem Verkaufspult mit den vielen, kunstvoll geschliffenen Parfümfläschchen sah er das dunkle, etwas strähnige Haar und den verwaschenen Pullover des Mädchens, das er verfolgt hatte. Er atmete erleichtert auf, denn er hatte schon das Schlimmste befürchtet. Das Mädchen hatte sich an die Verkäuferin gewandt und deutete auf irgend etwas in dem gläsernen Schaukasten hinter ihr. Als die Verkäuferin sich umwandte, schloß sich die Hand des Mädchens blitzschnell um eins der kleinen Fläschchen, und einen Sekundenbruchteil später war das Parfüm in der Handtasche verschwunden.

Bei dieser Beobachtung wurde es Joe klar, daß die Diebin heute nicht mehr zu einem Postamt gehen würde. Vielleicht hatte sie Angst bekommen und glaubte, es würde einfacher sein, in dem großen Kaufhaus etwas zu stehlen. Dabei gab es hier doch gewiß Ladendetektive, dachte er. Aber die konnten ja auch nicht überall sein.

Wieder überlegte er, ob er nicht doch die Leitung des Kaufhauses von dem Diebstahl benachrichtigen sollte. Ganz offensichtlich war es nicht das erste Mal, daß das Mädchen so etwas unternahm. Doch vielleicht hätte man sie nur mit einer Verwarnung wieder laufenlassen. Dann wäre es ihm wohl kaum gelungen, festzustellen, wo sie lebte und wer ihre Freunde waren.

Die Verkäuferin hatte unterdessen ein anderes Fläschchen aus dem Glaskasten genommen, schraubte den Verschluß auf und gab eine Duftprobe auf den Handrücken der Diebin. Die schnupperte kurz daran, stellte eine Frage und schüttelte dann den Kopf. Einen Augenblick später hatte sie sich abgewandt. Ganz offensichtlich beabsichtigte sie nichts zu kaufen.

Diesmal ließ Joe King sie nicht wieder im Gewühl verschwinden. So geschickt das Mädchen auch war, es entging Joes scharfen Augen nicht, daß ein wenig später ein Paar teure Lederhandschuhe in die Handtasche wanderten und ein Seidenschal unter den Pullover. Joe wurde klar, daß die Diebin keine Anfängerin war. Sie zeigte nicht die geringste Nervosität. Er verstand nicht, wie sie das fertigbrachte. Wenn er selbst etwas gestohlen hätte, würde es ihm ein Loch in die Tasche gebrannt haben! Er konnte nirgends einen Ladendetektiv sehen, aber das war nicht verwunderlich. Sie trugen keine Uniformen und waren schon deshalb nicht von den Kunden zu unterscheiden. Außerdem blieb ihm auch gar keine Zeit mehr, eine Meldung zu erstatten, denn bald darauf mußte er feststellen, daß das Mädchen zum Ausgang strebte. Wahrscheinlich hielt die Diebin es für ratsam, nicht noch länger zu bleiben. Joe folgte ihr, noch immer in der Hoffnung, einer der Ladendetektive könnte vielleicht genau wie er die Vorgänge beobachtet haben und das Mädchen im letzten Augenblick noch anhalten und festnehmen.

Doch bald mußte er enttäuscht feststellen, daß es nicht dazu kam. Ungehindert trat das Mädchen auf die Straße und entfernte sich. Es blieb ihm nichts anderes übrig, als wieder die Verfolgung aufzunehmen.

Er konnte sich nur über die Kaltblütigkeit der Diebin wundern. Sie benahm sich, als sei überhaupt nichts geschehen. Zweimal noch ging sie in andere Kaufhäuser, stahl aber jedesmal nur eine Kleinigkeit. Danach betrat sie seelenruhig eine Snackbar, um eine Tasse Kaffee zu trinken und einen klebrigen Krapfen zu verspeisen. Ganz klar: sie hatte schon öfters ähnliche Raubzüge ausgeführt.

Joe King konnte über die Frechheit dieses Mädchens nur staunen. Er wußte, daß er eine abgebrühte Verbrecherin vor sich hatte. Nun spielte er mit dem Gedanken, Mr. Dixon anzurufen. Der würde wissen, was Joe nun unternehmen sollte. Jetzt waren die Postämter schon geschlossen, und der ehemalige Inspektor befand sich vermutlich bereits zu Hause.

Doch Joe befürchtete, die Diebin könnte während des Telefongespräches entkommen, und so entschied er sich, allein die Verfolgung fortzusetzen, bis sich eine Gelegenheit bot, Mr. Dixon ins Bild zu setzen.
Als das Mädchen wieder aus der Snackbar kam, hatte es bereits zu dämmern begonnen. Diesmal eilte es zielbewußt weiter, und Joe hoffte, die Diebin würde ihn nun zu ihrer Wohnung führen.
Eine Viertelstunde später bog sie von der Oxford Street nach Süden in eine verwinkelte Gasse ab, und Joe King erkannte, daß sie sich in Soho, dem Vergnügungszentrum von London, befanden. Hier herrschte noch immer Hochbetrieb. Geschäfte und Restaurants waren geöffnet, und es gab viele Menschen auf den Straßen. Meist handelte es sich um Touristen oder Neugierige vom Land, die hier etwas Ungewöhnliches witterten, auch wenn man ihnen nur das Geld aus der Tasche lockte.
Doch die Diebin hielt nirgends an, sondern eilte weiter. Nach wenigen Minuten hatte sie die Greek Street erreicht, überquerte sie und hielt dann vor einem schäbigen, engbrüstigen Haus an, dessen Fenster erleuchtet waren. Hier blickte sie noch einmal forschend um sich, bevor sie an die Haustür klopfte. Joe hatte in sicherer Entfernung angehalten. Deshalb konnte er nur undeutlich den Mann sehen, der die Tür öffnete. Die Diebin wechselte ein paar Worte mit ihm, blickte noch einmal die Straße hinunter, bevor sie eintrat und die Tür hinter sich schloß.

12

Joe King war sich nicht recht klar darüber, was er von all dem halten sollte. Wohnte die Diebin in diesem häßlichen Haus, oder stattete sie nur jemandem einen Besuch ab und würde in kurzer Zeit wieder herauskommen? Er blieb unentschlossen stehen. Sein Magen knurrte. Er hatte seit dem Frühstück nichts mehr gegessen. Wahrscheinlich wartete die Mutter zu Hause schon mit dem Abendessen. Am liebsten wäre er heimgeeilt. Außerdem war es auch ziemlich kühl geworden. Er vergrub die Hände in den Hosentaschen und zog die Schultern ein, während er überlegte, was er tun sollte. Am besten war es, noch eine Weile zu warten. Wenn die Diebin einen Hausschlüssel aus der Handtasche genommen hätte, wäre er überzeugt gewesen, daß sie hier wohnte. Aber vielleicht war sie nur hierher gekommen, um die gestohlenen Gegenstände abzuliefern oder zu verkaufen. In diesem Fall würde es gewiß nicht lange dauern, bevor sie wieder erschien.

Zehn Minuten lang geschah überhaupt nichts. Er trat aus der Deckung und überquerte die schmale Straße. Doch als er an dem erleuchteten Fenster vorbeiging, mußte er enttäuscht feststellen, daß die Vorhänge so dicht geschlossen waren, daß man nicht sehen konnte, was dahinter vor sich ging. Er schlenderte zur nächsten Ecke und hielt zögernd an. Weitere fünf Minuten verstrichen, ohne daß sich etwas ereignete. Dann sah er im Licht der Straßenlampe eine bärtigen Mann näher kommen und vor dem Haus anhalten, das das Mädchen betreten hatte. Einen Augenblick später war auch er darin verschwunden.

Es gab also mindestens zwei Männer in dem Haus, überlegte Joe. Konnte es möglich sein, daß er hier den Schlupfwinkel der Bande entdeckt hatte, hinter der sie her waren? Es sah wirklich danach aus, obwohl er seiner Sache noch immer nicht vollkommen sicher war. Immerhin gab ihm diese Überlegung neue Hoffnung und ließ ihn länger verweilen.

Er stampfte unruhig mit den Füßen, die schon ganz kalt waren. Dann sah er plötzlich die knallrote Telefonzelle ein Stück die Straße hinunter, an deren Ecke er stand. Er fand, daß es höchste Zeit war, Mr. Dixon anzurufen und ihm von seinen Entdeckungen zu berichten. Onkel Rupert würde wissen, was er nun unternehmen sollte. Vielleicht kam Mr. Dixon selbst schleunigst hierher und übernahm die Bewachung des Hauses, damit Joe heimkehren konnte.

Er fütterte den Apparat mit einer Münze und wählte die vertraute Nummer. Gleich darauf erklang das Freizeichen. Er ließ es fast eine Minute lang klingeln, ohne daß sich jemand meldete. Enttäuscht mußte Joe erkennen, daß sich Mr. Dixon anscheinend nicht zu Hause befand. Vielleicht hatte er in der Zwischenzeit die andere Diebin gestellt und zur Polizei gebracht? Es hatte nicht viel Zweck, Sergeant Hawkins anzurufen, denn der befand sich jetzt gewiß nicht mehr im Dienst.
Ernüchtert kehrte er wieder auf seinen Posten zurück, und wieder verging eine ereignislose Viertelstunde. Seine Mutter würde sich gewiß schon Sorgen um ihn machen, wenn er nicht zum Abendessen heimkehrte, sagte er sich. Außerdem war er auch wirklich so hungrig, daß ihm schon wieder der Magen knurrte. Noch einmal ging er auf das kleine Haus zu. Dicht vor einem der erleuchteten Fenster hielt er an und beugte sich herunter, als wollte er ein Schuhband zuknöpfen, das sich gelöst hatte. Dabei lauschte er angestrengt. Er konnte zwar keine Stimmen hören, dafür aber gedämpfte Musik. Dann mußte er sich wieder aufrichten und weitergehen, um kein Aufsehen zu erregen.
Na, wenigstens wußte er, daß die Diebin sich längere Zeit in diesem Haus aufgehalten hatte. Selbst wenn sie nicht hier wohnte, war anzunehmen, daß sie irgendwann ein zweites Mal kam, und dann konnte man sie wieder beobachten. Er konnte doch nicht ewig hier bleiben. Er hätte sicher nur Verdacht erregt, und zu Hause warteten gewiß die Vorwürfe seiner Eltern.
Ein wenig enttäuscht wandte er sich ab und kehrte wieder zur Oxford Street zurück. Er hatte gehofft, weitaus mehr zu erfahren, als es der Fall gewesen war. Jetzt plagten ihn die Zweifel, ob er richtig gehandelt hatte. Aus der nächsten Telefonzelle versuchte er noch einmal, Mr. Dixon anzurufen, doch auch diesmal hob niemand den Hörer ab. Am besten war es, wenn er den pensionierten Inspektor nach dem Abendessen noch einmal besuchte und berichtete, was er entdeckt hatte.
Bald darauf schwang er sich auf einen der riesigen doppelstöckigen Omnibusse und fuhr heimwärts.

13

Als Rupert Dixon den Abendanzug angezogen hatte und ihn noch ein wenig abbürstete, mußte er feststellen, daß er ihm etwas zu eng geworden war. Seitdem er nicht mehr für Scotland Yard arbeitete, hatte er ein wenig Speck angesetzt, doch nicht einmal diese Erkenntnis konnte ihn verstimmen. Er hatte in der Zeitung nachgesehen. An diesem Abend gab man im Covent-Garden-Opernhaus »Tosca«, und zwar in einer erstklassigen italienischen Besetzung. Diese Oper hatte er immer schon geliebt, und die freudige Erwartung dämpfte sogar den Ärger darüber, daß jemand seinen kleinen Morris geklaut und wieder zurückgebracht hatte. Es hätte ja noch viel schlimmer kommen können, dachte er. Jetzt freute er sich schon auf den bevorstehenden Abend und den ihn erwartenden Ohrenschmaus.

Er überzeugte sich, daß er die Eintrittskarte in der Brieftasche hatte, bevor er Mantel und Hut vom Haken nahm und das Haus verließ. Er sperrte die Haustür hinter sich ab, stieg in seinen Morris und startete den Motor. Er sprang klaglos an.

In dem Augenblick, als er abfuhr, klingelte in seinem Haus das Telefon, aber das konnte Rupert Dixon nicht mehr hören. Wäre er nur eine Minute länger im Haus geblieben, so hätte ihn Joe Kings Anruf noch erreicht und ihm wahrscheinlich den angenehmen Abend verdorben, der auf ihn wartete. Es wäre aber auch vieles ganz anders gekommen. So aber fuhr er ahnungslos ab.

Er sah nicht einmal den Mann, der aus einem Haustor in der Nähe trat und dem Morris nachsah, der sich entfernte. Erst als Mr. Dixon um die nächste Ecke gebogen war, überquerte der Fremde die Straße und ging zu der Tür, die Mr. Dixon vor kurzer Zeit hinter sich geschlossen hatte. Dort blieb er stehen und legte den Daumen auf den Klingelknopf, während seine flinken Augen die Fenster absuchten.

Niemand meldete sich, selbst als der Besucher nochmals Sturm klingelte. Doch er hatte gar nichts anderes erwartet und lächelte zufrieden vor

sich hin. Dann leuchtete ganz kurz der Lichtstrahl einer Taschenlampe auf und fand das Türschloß.
Eine Sekunde später wandte sich der seltsame Besucher ab und eilte davon. Er hatte erfahren, was er wissen wollte, und war bald darauf in der Dunkelheit verschwunden.

14

Vierzig Minuten später fuhr ein Möbelwagen vor dem kleinen Haus in der Cannon Street vor. Der Wagen parkte genau vor der Haustür, so daß der hohe Kastenaufbau die Sicht von den Fenstern auf der anderen Straßenseite versperrte. Drei Männer stiegen aus. Einer von ihnen war derselbe, der sich überzeugt hatte, daß Mr. Dixon zur Oper gefahren war und sich sonst niemand in dem Haus befand. Zwei der Männer beschäftigten sich mit den Ladetüren des Möbelwagens, ließen eine Rampe herunter und traten dann auf die Straße. Nobby Evans war in der Zwischenzeit zur Haustür geeilt. Der Lärm, den seine Begleiter erzeugten, übertönte das Klingeln des Schlüsselbundes, mit dem er geschickt hantierte. Trotzdem dauerte es eine ganze Weile, bis es endlich im Schloß knackte und die Männer eintreten konnten. Sie hatten kaum etwas zu befürchten. Mr. Dixon saß gewiß ahnungslos in der Oper, und es würde fast drei Stunden dauern, bis er wieder zurückkehrte. Länger vielleicht sogar, wenn er anschließend noch irgendwo zu Abend speiste. Das war mehr Zeit, als sie für ihre Absichten benötigten.
Gleich darauf flammten die Lichter in der Halle und den Zimmern auf. Obwohl die drei Männer Overalls trugen und wie Möbeltransporteure aussahen, hatten sie vorher die Vorhänge geschlossen, damit kein neugieriges Auge zuviel sehen konnte. Man müsse sich nur so verhalten, wie

die Leute es erwarteten, dann machte sich niemand Gedanken darüber, daß ein Möbelwagen mitten in der Nacht vor der Tür stand, hatte Nobby Evans behauptet. Viele Menschen zogen ja schließlich auch nachts um, weil sie tagsüber arbeiten mußten.
Bald eilten sie geschäftig durch die Räume und blickten suchend um sich.
»Die Schmetterlingssammlung!« bestimmte Nobby Evans mit zielsicherem Instinkt. »Die dürfte einen guten Preis einbringen, wenn wir sie irgendeinem Sammler andrehen können. Und der ganze Schrank mit dem Porzellan da. Das ist Meißener und Sèvres-Porzellan und ein kleines Vermögen wert. Die Mädchen können es stückweise zu den Händlern bringen und versilbern. Packt alles recht gut in eine große Kiste, damit nichts zerbricht. Den Schrank verhökern wir einem Antiquitätenhändler.«
Seine beiden Begleiter verzogen die Gesichter. Sie sollten immer die Arbeit leisten, während Evans nur die Befehle gab. Aber er wußte eben, was sich gut verkaufen ließ. Diesmal ahnte Nobby, das sie das große Los gezogen hatten. Mit dem, was sie hier erbeuteten, kamen sie gewiß ein paar Monate lang über die Runden. Er war geradezu stolz darauf, daß ihm der Einfall mit der Opernkarte gekommen war. Für den alten Morris hätten sie keine hundert Pfund erhalten, selbst wenn sie einen Dummen gefunden hätten, der an dem altmodischen Schlitten interessiert war. Doch da sie nun den Besitzer so listig fortgelockt hatten, konnten sie dieses Haus ganz groß ausräumen. Trotzdem waren Nobbys Freunde sichtlich nervös. War es nicht doch möglich, daß der Mann verfrüht aus der Oper zurückkehrte und sie ertappte? Oder daß einer der Nachbarn Fragen stellte und die Polizei benachrichtigte, wenn er Verdacht schöpfte?
Während sie in aller Eile das wertvolle Porzellan aus dem Schrank nahmen und sorgsam verpackten, blickte sich Nobby Evans in allen übrigen Räumen um. Zu seiner Enttäuschung entdeckte er dort nicht viel von großem Wert, obwohl er Schränke und Schubladen gründlich durch-

suchte. Nur ein paar Bilder hob er von den Wänden und trug sie ins Wohnzimmer hinunter zu den anderen Sachen, die schon für den Abtransport bestimmt waren.
Der Schreibtisch und der dazugehörige schöne alte Stuhl fanden ebenfalls sein Gefallen. Ohne lange zu zögern, leerte er den Inhalt der Schubladen und Fächer in einer Ecke des Raumes aus. Dann trat er an die Bücherregale. Mit raschen Bewegungen zog er ein paar der alten, ledergebundenen Bücher hervor und trug sie zum Schreibtisch. Sie würden ebenfalls einen Batzen Geld einbringen. Den Rest ließ er unberührt. Er wollte nicht mehr Zeit hier verbringen, als unbedingt notwendig war, denn das Schild neben der Haustür hatte ihn bereits unruhig gestimmt. Beim ersten Auskundschaften der Gelegenheit zum Einbruch hatte er es übersehen. Das war ein böser Fehler gewesen, aber sie würden ja keine Spuren hinterlassen, die zu ihnen führen konnten. Er blickte auch noch auf den persischen Läufer am Boden, bevor er wieder zu seinen Begleitern zurückkehrte.
Der Schrank war fast schon leer und sein Inhalt in eine große Kiste verpackt, die Mike von dem Möbeltransporter hereingeschleppt hatte.
»Laßt das einstweilen stehen!« befahl Nobby Evans. »Bringt zuerst einmal den Schreibtisch hinaus!«
Das war gar nicht so einfach, denn die beiden Männer mußten das schwere Möbel erst einmal hochwuchten und es dann mühsam durch die schmale Türöffnung in den Gang hinausbefördern. Dabei warnte sie Nobby Evans wiederholt, das gute Stück nicht zu verkratzen, als habe er teures Geld dafür bezahlt. Er packte allerdings nicht mit an, sondern überließ seinen Freunden jede harte Arbeit, von der er sein ganzes Leben lang noch nie begeistert gewesen war.
Als sie endlich den Schreibtisch nach draußen tragen konnten und in den Möbelwagen schleppten, kam ein älterer Mann mit einem Hund an der Leine näher und blieb neugierig vor ihnen stehen. Mike und Rick spürten die Angst in sich hochsteigen. Jetzt war es passiert, jetzt ging alles schief, befürchteten sie.

»Zieht Mr. Dixon denn aus?« erkundigte sich der Mann unsicher. »Er hat kein Wort davon gesagt, obwohl ich gestern noch mit ihm gesprochen habe.«
»Aber nein, Opa!« sagte Nobby Evans seelenruhig, der als einziger nicht die Nerven verloren hatte. »Er hat ein paar moderne Möbel gekauft, die wir eben abgeliefert haben, und jetzt ist nicht mehr Platz genug für seine alten Klamotten. Wir bringen sie zur Versteigerung. Er ist ganz froh, die alten Sachen loszuwerden.«
»Ach so!« sagte der Alte erleichtert. Mr. Dixon lebte schon seit Jahren hier und war immer ein angenehmer, ruhiger Nachbar gewesen. Die Vorstellung, eine junge Familie mit plärrenden Kindern könnte hier einziehen, hatte ihm einen ganz gehörigen Schrecken eingejagt. »Na, dann gute Nacht!«
»Nacht, Opa!« rief Nobby hinter ihm her und beobachtete dabei genau, wie sich der Alte entfernte. Es sah nicht so aus, als habe er einen Verdacht geschöpft. Er hatte ja nicht einmal gefragt, ob Mr. Dixon zu Hause sei.
»Meinst du, er hat was gewittert?« flüsterte Rick besorgt, als sie wieder das Haus betreten hatten. Kleine Schweißperlen standen auf seiner Stirn.
»Ach was!« fegte Nobby Evans seine Sorgen zur Seite. »Kriegt es doch nicht immer gleich mit der Angst! Wenn ich etwas organisiere, dann geht nichts schief. Seht lieber zu, daß ihr den restlichen Kram schleunigst in den Wagen bringt, damit wir rasch verschwinden können.«
Allerdings war auch er unruhiger, als er seinen Freunden gegenüber zugeben wollte. Er wandte sich ab, um den persischen Läufer zusammenzurollen. Das Auftauchen des Alten hatte ihn ja doch nervös gemacht. Zwar bezweifelte er, daß der Mann mit dem Hund eine Beschreibung von ihm liefern konnte, aber dennoch wollte er nicht mehr Zeit als unbedingt notwendig hier verbringen. Bald war das Diebesgut sicher verborgen, und dann spielte es keine Rolle mehr, ob jemand die Polizei benachrichtigte.

Er kauerte noch immer auf den Knien vor dem zusammengerollten Läufer und überlegte, ob er nicht lieber doch noch einmal die anderen Räume durchsuchen sollte, für den Fall, daß er etwas übersehen hatte, als er die Türklingel schrillen hörte. Sein Gesicht verfinsterte sich. Er richtete sich auf und schlich zur Tür. Seine Freunde blickten ängstlich um sich. Stand draußen schon die Polizei?

15

Joe King hatte sein Abendessen heißhungrig hinuntergeschlungen, ohne auf die Vorwürfe seiner Mutter zu achten. Sie schalt, weil er zu spät heimgekehrt war und sie sich schon Sorgen gemacht hatte. Auf dem ganzen Heimweg hatte er überlegt, ob es ein Fehler gewesen war, seinen Posten zu verlassen. Wer wußte denn, was seitdem in dem Haus in Soho vor sich gegangen war? Gary hatte neugierige Fragen gestellt, doch sein Bruder hatte ihm nur das Notwendigste mitgeteilt. Jetzt war es höchste Zeit, daß Joe zu Mr. Dixon eilte, um ihn ausführlich über seine Beobachtungen zu informieren und zu beraten, was am folgenden Tag geschehen sollte.

»Ich muß noch einmal weg«, sagte er mit vollem Mund und stand vom Tisch auf. »Es ist recht wichtig.«

»Und deine Hausaufgaben?« fragte sein Vater streng. »Ich will nicht, daß du in der Schule versagst. Ganz besonders in diesem Jahr hängt alles von den Prüfungen ab. Ohne ein gutes Abschlußzeugnis kommst du nirgends unter.«

»Die Aufgaben habe ich doch schon gestern gemacht«, behauptete Joe, obwohl das nur zum Teil der Wahrheit entsprach. Er würde den Rest am Wochenende nachholen müssen. Vielleicht half ihm Donna. Die büffelte ja dauernd. Jetzt war es wichtiger, daß er Mr. Dixon von den Geschehnissen benachrichtigte.

»Wohin willst du denn noch um diese Zeit?« wollte der Vater wissen.

»Zu Mr. Dixon«, sagte Joe. »Es dauert höchstens eine Stunde.«

Mr. King war beruhigt. Wenigstens trieb sich Joe nicht in schlechter Gesellschaft herum, obwohl das Detektivspielen doch eigentlich warten sollte, bis Joe die Schule hinter sich hatte. Aber da der Junge ja unbedingt zur Polizei wollte und Mr. Dixon ein angesehener Beamter gewesen war, bestand die Möglichkeit, daß der ehemalige Inspektor ein gutes Wort für Joe einlegte, wenn er sich später bei der Polizei bewarb.

»Kann ich mitkommen?« warf Gary ein, der vor Neugierde zu platzen drohte.

»Es reicht schon, wenn Joe mehr Zeit bei Mr. Dixon verbringt als zu Hause«, antwortete seine Mutter säuerlich. »Außerdem bist du zu jung. Du bleibst hier!«

Gary verzog verdrossen das Gesicht. Nur weil er der Jüngste war, mußte er alles versäumen, und immer gerade dann, wenn es interessant wurde.

Wenige Minuten später verließ Joe das Haus. Einen Augenblick lang dachte er daran, bei Donna vorbeizusehen, um zu erfahren, ob auch sie etwas entdeckt hatte oder ob Billy und Kenny Glück gehabt hatten. Doch wenn das der Fall gewesen wäre, hätten sie sich wahrscheinlich längst gemeldet, und Gary hätte ihm davon erzählt.

Bald eilte er durch die Nacht zur Cannon Street. Mr. Dixon würde schon irgendeinen Einfall haben, was nun zu unternehmen war.

Doch als er zur Ecke der Cannon Street kam und den Möbelwagen vor dem Haus des Inspektors sah, hielt er überrascht an. Was war denn da los, dachte er? Onkel Rupert hatte mit keinem Wort erwähnt, daß er aus- oder umzuziehen gedachte. Doch das mußte der Fall sein, denn was sonst hatte die Gegenwart eines Möbelwagens zu bedeuten? Er spürte Enttäuschung darüber, daß ihn Mr. Dixon nicht in sein Vertrauen gezogen hatte.

Trotzdem eilte er weiter und sah zwei Männer, die soeben einen großen Glasschrank aus dem Haus trugen. Das war doch der Schrank, in dem Mr. Dixon seine Porzellansammlung aufbewahrte, auf die er so stolz war!
Einen Augenblick lang wußte Joe nicht, was das zu bedeuten hatte. Er blieb unschlüssig stehen. Da gingen die beiden Männer schon wieder in das Haus hinein, und die Tür schloß sich hinter ihnen. Von Mr. Dixon war keine Spur zu sehen!
Joe schritt entschlossen auf den Möbelwagen zu, betrachtete ihn mißtrauisch und warf einen Blick auf das Nummernschild und den an der Seitenwand deutlich lesbaren Namen der Firma. Dann wandte er sich zur Haustür. Noch immer ein wenig verwirrt, drückte er auf den Klingelknopf. Onkel Rupert würde ihm bald erklären, was hier vor sich ging. Innen schrillte es.
Hinter der Tür rührte sich eine Weile lang nichts, und Joe spürte ein ungutes Gefühl in sich aufsteigen. Er ahnte, daß etwas nicht stimmte. Was hatte ein Möbelwagen um diese Zeit hier zu suchen? Man zog doch üblicherweise nicht mitten in der Nacht aus, als habe man etwas zu verheimlichen. Außerdem war er überzeugt, daß es Mr. Dixon während der letzten Tage erwähnt haben würde, wenn es wirklich seine Absicht gewesen wäre, umzuziehen.
Er wollte sich schon abwenden, um den Möbelwagen noch einmal genauer zu betrachten, als die Tür vor ihm aufgerissen wurde. Er sah einen jungen Mann im Overall, der ihn unfreundlich musterte.
»Ja?«
Joe King starrte ihn unsicher an.
»Ist Mr. Dixon zu Hause?« zwang er sich zu fragen. »Ich muß dringend mit ihm sprechen.«
»Er ist schnell mal weggegangen, um etwas zu erledigen«, sagte der Mann abweisend. »Komm in einer halben Stunde wieder. Bis dahin ist er zurück.«
Seine engstehenden Augen gefielen Joe genausowenig wie seine un-

freundliche Stimme. Außerdem glaubte er nicht so recht, daß Mr. Dixon die Transportarbeiter in seinem Haus alleingelassen hätte.
»Was machen Sie denn überhaupt hier?« erkundigte er sich.
»Was werden wir denn schon machen?« erwiderte der andere. »Das siehst du doch. Wir schaffen ein paar alte Möbelstücke weg, die Mr. Dixon im Weg stehen. Was geht denn dich das an, du neugieriger Naseweis?«
»Onkel Rupert ist mein Freund«, antwortete Joe King hartnäckig. »Und er hat nichts davon gesagt, daß er ausziehen will.«
Der Mann blickte über Joes Schulter die Straße entlang, als suche er nach etwas.
»Wer redet denn vom Ausziehen?« brummte er. »Wir haben ein paar neue Möbel gebracht und bringen die alten fort. Glaubst du vielleicht, wir würden etwas mitgehen lassen, das uns nicht gehört? Da würden wir von unserer Möbelfirma sofort gefeuert werden.«
»Trotzdem komme ich am besten hinein und warte, bis Onkel Rupert wieder da ist«, bestimmte Joe. Er glaubte nicht daran, daß sich Mr. Dixon von den alten Dingen trennen wollte, an denen er so sehr hing. Von modernen Möbeln hielt er nämlich gar nicht viel, wie er schon öfters erklärt hatte.
Der Mann zuckte die Schultern.
»Na, von mir aus«, sagte er. »Komm rein, aber geh uns nicht im Weg um. Wir werden ja schließlich nicht für die Überstunden bezahlt.«
Er wandte sich um. Joe King zögerte, bevor er der Einladung Folge leistete. Erst als er schon ins Wohnzimmer trat, sah er einen zweiten Mann, und dieser trug einen Bart. Unwillkürlich mußte Joe an den Bärtigen in der Greek Street in Soho denken, den er vor zwei Stunden gesehen hatte. Aber das war doch Unsinn, überlegte er. Er hatte den Mann nur undeutlich gesehen, und es gab Tausende von Männern, die einen Bart trugen. Er durfte nicht gleich überall Gespenster sehen.
Doch als er um sich blickte, spürte er nun ganz genau, daß etwas nicht in Ordnung war. Die Schaukästen mit Mr. Dixons Schmetterlingen wa-

ren auf dem Tisch aufgestapelt. Der Inspektor würde sich niemals von der Sammlung trennen! Er war schon seit seiner Jugend begeisterter Schmetterlingsammler und hatte wiederholt erzählt, daß manche der seltenen Arten, die er besaß, längst schon ausgestorben waren und nie wieder ersetzt werden könnten. Weshalb sollte er sie nun verkaufen? Es fehlte ihm doch gewiß nicht an Geld! Mit einem Schlag wurde Joe klar, daß er da mitten in eine faule Sache hineingestolpert war!

»Wo sind die neuen Möbel?« fragte er mißtrauisch. Immer noch wunderte er sich über die Abwesenheit Mr. Dixons. Es war doch nicht seine Art, fremde Leute in seinem Haus schalten und walten zu lassen. Er war lange genug bei der Polizei gewesen und hatte gelernt, Vorsicht walten zu lassen. War es möglich, daß diese Männer ihn überwältigt hatten und nun sein Haus beraubten?

Der Mann, der ihn eingelassen hatte, zögerte kurz. Dann nickte er zu der Tür hin, die zu Mr. Dixons kleinem Büro führte.

»Da drinnen. Schau sie dir ruhig an.«

Entschlossen trat Joe King ein. Doch er hatte kaum die Tür geöffnet, als ihn eine harte Faust ins Zimmer riß und gegen eine Wand drückte, so brutal, daß ihm der Atem verging. Verschwommen sah er einen Mann, der vor ihm stand. Er spürte, wie sich eine Klaue um seinen Hals legte, und die Angst stieg in ihm hoch.

»Kein Wort, oder ich mache dich kalt!« fuhr ihn eine scharfe Stimme an. Er konnte sich nicht rühren. Obwohl er sich eingebildet hatte, erwachsen und ziemlich kräftig zu sein, war er diesem Mann weit unterlegen. Mit einem Schlag war ihm nun klar, daß er hier ein paar Verbrecher bei der Tat überrascht hatte. Aber wo war Onkel Rupert, und was würden diese Männer mit ihm tun? Vielleicht brachten sie ihn um, weil er zuviel gesehen hatte, dachte er voll Verzweiflung. Seine Augen irrten durch das Zimmer, sahen einen Berg Papiere. Der Schreibtisch fehlte, und auf dem Boden lag ein zusammengerollter Teppich. Von den neuen Möbeln, die die Männer gebracht haben wollten, war keine Spur zu sehen. Diese Erkenntnis ließ die letzten Zweifel weichen. Er war ahnungslos in

eine Falle gerannt, anstatt sich schleunigst aus dem Staub zu machen und die Polizei zu benachrichtigen. Warum hatte er an der Haustür so hartnäckig sein müssen? Doch jetzt kam jede Reue zu spät.
»Na, was steht ihr denn herum?« fuhr der Verbrecher, der ihn gepackt hatte, seine Komplizen an. »Schnell! Einen Strick! Der Bengel hat uns gerade noch gefehlt!«
Joe King tastete nach der würgenden Hand an seiner Kehle, doch er hatte nicht die Kraft, ihren Griff zu lockern.
»Rühr dich nicht, sonst dreh' ich dir den Hals um!« warnte ihn die Stimme. Das Gesicht des Mannes schien vor Joes Augen zu zerfließen. Er zappelte hilflos und rang röchelnd nach Atem.
Einen Augenblick später packte jemand seine Hände, und Fesseln wurden um seine Handgelenke geschlungen. Der Würgegriff um seine Kehle ließ nach, und er riß den Mund auf, um endlich wieder richtig Atem zu holen. Im selben Augenblick wurde ein Stoffetzen zwischen seine Zähne gezwängt und damit der Schrei erstickt, der sich schon in seiner Kehle bildete. Ein Tuch wurde um seinen Mund verknotet. Es sollte verhindern, daß er den Knebel ausspuckte. Als die Verbrecher seine Füße fesseln wollten, leistete er zwar verzweifelten Widerstand, doch der nützte nichts. Einer der Männer hielt ihn fest, während der andere die Schlingen um seine Fußgelenke legte. Bald lag er vollkommen hilflos und verschnürt wie ein Postpaket auf dem Boden.
Obwohl die drei Verbrecher ein leichtes Spiel mit ihm gehabt hatten, hatte sein überraschendes Auftauchen ihre Nervosität noch erheblich gesteigert.
»Los! Beeilt euch!« rief Nobby Evans mit wachsender Ungeduld. »Schafft die restlichen Sachen hinaus, bevor ein weiterer Idiot aufkreuzt. Wir müssen schleunigst verschwinden!«
Der Stuhl und der zusammengerollte Teppich wurden fortgeschleppt und dann das Licht ausgeschaltet. Joe lag hilflos in der Dunkelheit, während er von draußen die hastigen Schritte der Einbrecher hören konnte. Es erschien ihm wie eine Ewigkeit, bis endlich die Haustür zuschlug. Joe

King war allein. Er hörte den Motor anspringen, und dann entfernte sich der Möbelwagen.
Joe krümmte sich und zerrte an den Fesseln, doch sie lockerten sich um keinen Millimeter. Nun war es unheimlich still in der Finsternis. Er versuchte noch einmal verzweifelt, sich zu befreien, aber die Stricke schnitten nur tief in sein Fleisch ein und gaben nicht nach.
Erst als er sicher war, daß die Verbrecher nicht wieder zurückkehrten, wich die Angst ein wenig, die ihn noch immer erfüllte. Er machte einen letzten Versuch, die Knoten der Fesseln zu lösen, aber es mißlang. Nach einer Weile gab er den sinnlosen Kampf auf und zwang sich zu ruhigem Nachdenken. Doch es wollte ihm kein Ausweg einfallen. Im Film oder Fernsehen hatten Gefesselte rasch ein Messer oder eine Schere zur Hand. Die Wirklichkeit war anders.
Er mußte wieder an Mr. Dixon denken. Was mochte ihm wohl zugestoßen sein? Lag er am Ende in einem der anderen Zimmer, ebenfalls gefesselt und geknebelt, oder war er bereits tot? Doch dann fiel ihm ein, daß er keine Spur von dem alten Morris gesehen hatte, der immer vor dem Haus geparkt war. Vielleicht war Mr. Dixon irgendwohin gefahren, und die Verbrecher hatten seine Abwesenheit benützt, um in das Haus einzudringen? In diesem Fall bestand die Hoffnung, daß er bald wieder zurückkehren und ihn befreien würde.
Doch das war nur ein schwacher Trost, während er hilflos in der Dunkelheit lag. Er konnte nicht einmal um Hilfe rufen. Außer seinen Eltern und seinem Bruder wußte niemand, daß er sich hier befand. So ein Glück, dachte er, daß er wenigstens seiner Familie gesagt hatte, daß er Mr. Dixon besuchen wollte. Wenn er nicht heimkehrte, würden sie sich Sorgen um ihn machen und hierher kommen, vielleicht sogar die Polizei benachrichtigen.
Aber Mr. Dixon war damit nicht geholfen. Jetzt waren die Einbrecher schon über alle Berge und konnten im nächtlichen London nicht mehr so leicht zu finden sein. Er bezweifelte, ob es etwas nützen würde, daß er sich den Namen der Möbeltransportfirma eingeprägt hatte. Wahr-

scheinlich war der Möbelwagen gestohlen und würde am folgenden Tag irgendwo verlassen aufgefunden werden.
Er versuchte sich an die drei Männer zu erinnern. Nur zwei von ihnen hatte er deutlich genug gesehen, um sie der Polizei beschreiben zu können. Aber die zwei hätte er wiedererkannt, wenn es einmal zu einer Gegenüberstellung kam.
Sonderbar, daß wieder drei Männer am Werk gewesen waren, dachte er. Noch dazu war einer von ihnen bärtig gewesen, genau wie der Mann, der das Haus in der Greek Street betreten hatte. Konnte es wirklich möglich sein, daß es sich um dieselben Verbrecher handelte, denen die Tower-Hill-Detektive auf den Fersen waren? Er wollte es fast nicht glauben. Warum sollten sie sich ausgerechnet Mr. Dixon als Opfer ausgesucht haben? Das wäre wirklich ein großer Zufall gewesen.
Jetzt wünschte er sich, Billy Clarke oder Kenny Jones mitgebracht zu haben. Dann wäre es wohl kaum zu der Panne gekommen. Doch es hatte keinen Zweck mehr, sich jetzt Vorwürfe zu machen. Es war seine eigene Schuld, von den Verbrechern überrumpelt worden zu sein. Er hätte niemals das Haus betreten dürfen, nachdem er den ersten Verdacht gefaßt hatte.
Einmal hörte er draußen den Motor eines Wagens, doch das Geräusch entfernte sich wieder. Dann kam es ihm so vor, als klängen Schritte auf der Straße, und er stöhnte, so laut er konnte, doch niemand kam ihm zu Hilfe. Er hätte vor Wut und Enttäuschung heulen können. Doch er mußte sich eingestehen, daß er von Glück sprechen konnte, noch immer am Leben zu sein. Die Verbrecher hätten ihn ja auch töten können, um zu verhindern, daß er der Polizei eine Beschreibung lieferte.

16

Im letzten Augenblick entschied Mr. Dixon, daß er nicht hungrig genug war, um nach der Vorstellung noch irgendwo zu Abend zu essen. Es war eine herrliche Aufführung gewesen, an die er noch oft denken würde. Jetzt war es Zeit, heimzukehren. Mr. Dixon setzte sich in seinen Morris und fuhr nach Hause.

Daß etwas nicht in Ordnung war, merkte er erst, als er den Hausschlüssel ins Schloß steckte und dabei feststellen mußte, daß die Tür gar nicht versperrt war. Er stutzte, denn er erinnerte sich genau daran, beim Verlassen des Hauses den Schlüssel herumgedreht zu haben.

Er blieb bewegungslos stehen und horchte. Es schien ihm, als hörte er ein gedämpftes Klopfen. Konnte es möglich sein, daß sich ein Einbrecher im Haus befand?

Eigentlich wäre es vernünftiger, sofort polizeiliche Hilfe zu holen, sagte er sich. Doch bis er mit einem Polizisten zurückkehrte, konnte es längst zu spät sein. Und wenn es gar keinen Einbrecher gab, dann blamierte er sich höchstens. Seine Hand schloß sich um den Griff des Regenschirmes, und er stieß die Tür auf. Vor ihm lag der Gang dunkel und gefährlich da. Er starrte hinein, konnte jedoch nichts sehen. Wieder erklang ein dumpfes Pochen. Diesmal gab es keine Zweifel mehr für Mr. Dixon, daß es aus dem Haus kam. Seine Entschlossenheit steigerte sich. Er tastete zum Lichtschalter, und die Lampe flammte auf.

Der Gang war leer und verlassen. Mr. Dixons Blick fiel auf die offene Wohnzimmertür. War dort jemand? Er hob den Schirm in der Hand. Er war stabil und konnte zur Not als Waffe dienen, wenn er sich seiner Haut wehren mußte.

Als er die Wohnzimmertür erreichte, konnte er einen Teil des Zimmers überblicken, doch erst als er das Licht eingeschaltet hatte, blieb er ernüchtert stehen. Dort, wo vor kurzer Zeit noch der Glasschrank mit seiner Porzellansammlung gestanden hatte, klaffte nun eine Lücke, und die helleren Flecken auf der Tapete ließen erkennen, wo einmal die Schau-

kästen mit den Schmetterlingen gehangen hatten. Jetzt waren sie spurlos verschwunden.
Mr. Dixon spürte einen maßlosen Ärger in sich aufsteigen. Dieser Abend, der ihm so viel Freude bereitet hatte, verwandelte sich in eine schreckliche Enttäuschung, als er ahnte, daß er bestohlen worden war. Nicht nur um irgendein paar Wertstücke, die wieder zu ersetzen waren, sondern um das Werk seines ganzen Lebens.
Doch jetzt klang wieder das Pochen auf, ganz in seiner Nähe: aus seinem Büro kam es! Er hob den Regenschirm stoßbereit wie einen Degen, als sich mit lautlosen Schritten der Tür näherte.
Rasch riß er die Tür auf und sprang sofort zur Seite in Deckung. Jedoch fiel kein Schuß. Immerhin hatte er damit rechnen müssen. Nur ganz undeutlich sah er eine Bewegung auf dem Boden, und er hörte ein verhaltenes Stöhnen.
»Heraus mit euch!« sagte er grimmig. »Das ganze Haus ist umstellt!«
Doch er wartete vergeblich. Nur die Geräusche schienen sich zu verstärken, bedeuteten jedoch offensichtlich keine Gefahr, denn sie näherten sich nicht. Mit dem Regenschirm in der Hand trat Mr. Dixon ein und machte Licht.
Seine Augen weiteten sich. Vor ihm lag eine gefesselte Gestalt am Boden, die sich wand und krümmte. Irgendwie kam sie ihm bekannt vor, auch wenn ein Tuch die untere Hälfte des Gesichtes bedeckte.
Dann erkannte er zu seinem größten Erstaunen Joe King. Was hatte sich hier nur ereignet, fragte er sich, während er auf den Jungen zueilte, neben ihm niederkniete und den Knebel löste.
Joe schnappte erschöpft nach Atem. Unterdessen beschäftigte sich Inspektor Dixon bereits mit den Fesseln, mußte jedoch feststellen, daß die Knoten zu fest saßen.
»Sie haben mich überwältigt und gefesselt!« berichtete Joe mühsam.
»Von wem redest du?« fragte Mr. Dixon.
»Die Einbrecher!« erwiderte Joe aufgeregt. »Sie waren hier, als ich ankam, um mit Ihnen zu sprechen. Sie erzählten mir, sie hätten neue Mö-

bel für Sie geliefert und sollten die alten wegbringen, aber als ich hereinkam . . .«
Nun war Mr. Dixon klar geworden, was sich ereignet haben mußte. »Bist du verletzt?« fragte er beunruhigt.
»Nein. Nur meine Handgelenke sind ein wenig aufgescheuert«, gab Joe King zu. »Ich versuche schon seit fast zwei Stunden, mich zu befreien. So lange sind die Verbrecher schon weg. Es tut mir leid, daß ich den Einbruch nicht verhindern konnte.«
Rupert Dixon richtete sich mit ernstem Gesicht auf. Wenn der Einbruch schon vor zwei Stunden stattgefunden hatte, dann hatten sich die Verbrecher längst in Sicherheit gebracht.
»Das ist nicht so schlimm. Die Hauptsache ist, daß dir nichts zugestoßen ist. Warte einen Augenblick. Ich hole rasch ein Messer aus der Küche.«
Bald darauf hatte er die Fesseln vorsichtig durchtrennt. Joe King konnte aufstehen, aber er fühlte sich wie zerbrochen. Während er seine Gelenke massierte, berichtete er nun ausführlicher, was geschehen war. Er konnte sogar zwei der drei Männer recht gut beschreiben, aber das half im Augenblick nicht viel, denn der Vorsprung von zwei Stunden war viel zu groß.
Immerhin konnte sich Mr. Dixon bald ein genaueres Bild über die Ereignisse machen.
»Weshalb bist du eigentlich hierher gekommen?« fragte er verwundert.
»Weil ich doch schon zweimal vorher angerufen habe und Sie nicht erreichen konnte«, erklärte Joe King. »Wo haben Sie denn überhaupt gesteckt? Ich hatte schon gedacht, daß die Verbrecher auch Sie überwältigt oder vielleicht sogar getötet hätten.«
Mr. Dixon lachte.
»So weit ist es glücklicherweise nicht gekommen, sonst wäre ich ja jetzt kaum hier bei dir. Ich war in der Oper. Ich erhielt doch eine Freikarte, nachdem . . .« Er hielt mitten im Satz inne und schlug sich mit der fla-

chen Hand gegen die Stirn. »Ich Dummkopf! Warum habe ich denn nicht gleich von Anfang an begriffen, daß das alles nur eine üble Masche war, um mich nach Strich und Faden hereinzulegen?«
Joe King blickte ihn verständnislos an.
»Was denn?«
Mit knappen Worten berichtete Mr. Dixon von dem Diebstahl und der Rückerstattung seines Wagens, von der beigefügten Entschuldigung und der Opernkarte, über die er sich so sehr gefreut hatte.
»Aber wieso glauben Sie denn, daß dahinter dieselben Leute stecken, die Ihren Wagen entwendet haben?« fragte Joe verständnislos.
»Begreifst du denn nicht?« meinte Mr. Dixon, über sein eigenes Versagen verstimmt. Als ehemaliger Polizist hätte er doch eigentlich ahnen sollen, daß es sich nur um einen Trick gehandelt haben konnte. »Das sind ganz abgebrühte Burschen. Sie lockten mich auf diese Weise in die Oper und konnten sich ausrechnen, daß ich ihnen dann mindestens drei Stunden lang nicht in die Quere kommen würde. Zeit genug, um in mein Haus einzubrechen und alle Wertgegenstände zu verladen. Wenn du nicht zufällig auf der Bildfläche erschienen wärst, hätten wir jetzt keine Ahnung, wer dahintersteckt. Ein Glück, daß ich noch immer das Schreiben besitze, das ich an der Windschutzscheibe fand. Hoffentlich haben sie es nicht mitgenommen. Wir müssen schleunigst die Polizei benachrichtigen.«
Joe King dachte an seine Eltern. Sicher waren sie in größter Sorge, weil er doch versprochen hatte, schon bald wieder nach Hause zurückzukehren. Und nun waren Stunden vergangen!
»Könnten Sie zuerst meinen Vater anrufen und ihm Bescheid sagen, Onkel Rupert«, schlug er vor. »Es wird ja vermutlich noch eine Weile dauern, bis ich nach Hause gehen kann.«
»Natürlich«, beruhigte ihn der Inspektor. »Und wenn wir hier fertig sind, bringe ich dich mit dem Wagen heim!«
Bald hatte er die Nummer gewählt und gab Joes Vater eine kurze Erklärung der Ereignisse. Nein, Joe habe keinerlei Verletzungen erlitten, und

sobald sie mit der Polizei gesprochen hätten, würde er ihn heimbringen, versprach er. Joes Eltern hatten sich wirklich bereits Sorgen gemacht, und Mr. King war schon im Begriff gewesen, zu Mr. Dixon zu kommen, um sich zu vergewissern, daß alles in Ordnung war.

Anschließend rief Mr. Dixon die Polizei an und erstattete eine Anzeige über den Einbruch. Man versprach, sofort zu kommen und den Dingen auf den Grund zu gehen.

»Weshalb wolltest du denn so dringend mit mir sprechen?« erinnerte sich Mr. Dixon, als er den Hörer auflegte und sich wieder Joe zuwandte. »Zweimal hast du angerufen, sagst du? Da ist doch sicher etwas Wichtiges vorgefallen?«

Der Junge berichtete, was er an diesem Nachmittag beobachtet hatte, während Mr. Dixon seine Pfeife stopfte und den Tabak in Brand steckte.

»Sollen wir auch das gleich der Polizei erzählen, wenn sie eintrifft?« fragte Joe.

Der Inspektor dachte angestrengt nach und verbreitete blaue Rauchschwaden. Dann schüttelte er den Kopf.

»Besser nicht!« entschied er. »Ich bezweifle, daß der Einbruch und diese Diebin miteinander in Verbindung stehen, was immer du auch davon hältst. Es wäre schon ein sonderbarer Zufall. Ich schlage vor, daß wir beide uns gleich morgen dieses Haus in Soho betrachten und die Menschen dazu, die darin wohnen. Vielleicht erfahren wir auf diese Weise mehr. Und jetzt schaue ich einmal gründlich nach, was alles abtransportiert wurde.«

Mit dieser Aufgabe war er noch immer beschäftigt, als die Polizeibeamten eintrafen. Enttäuscht mußte er erkennen, daß die Verbrecher nicht nur seine Schmetterlingssammlung und das kostbare Porzellan mitgenommen hatten, sondern auch noch die Möbelstücke und Bilder, die ihm besonders ans Herz gewachsen waren. Der Leiter der Erhebungsgruppe war ein Beamter, den Mr. Dixon von früher persönlich kannte. Bald wurde das ganze Haus nach Fingerabdrücken abgesucht, während

Joe King seine Aussagen zur Protokoll gab und eine Beschreibung der Verbrecher lieferte. Der Beamte notierte sich alles genau.
»Am besten schaust du morgen früh bei uns vorbei«, riet er Joe. »Vielleicht finden wir einen der Verbrecher in unserer Bildkartei.«
»Ich bringe Joe morgen früh zu euch«, versprach Mr. Dixon. »Macht es Ihnen etwas aus, wenn ich den Jungen jetzt zu seinen Eltern fahre? Sie sind schon in Sorge um ihn. In der Zwischenzeit können Sie sich hier nach Herzenslust umsehen, bis ich wieder da bin.«
Kurze Zeit später saß Joe in dem kleinen Morris. Mr. Dixon brachte ihn heim und mußte ausführlich erzählen, was sich ereignet hatte. Joes Eltern waren froh, ihren Sohn wieder wohlbehalten bei sich zu haben, denn trotz des Anrufs des Inspektors hatten sie sich ja doch sehr große Sorgen gemacht.

17

Noch während Mr. Dixon ahnungslos in der Oper saß und Joe King in Fesseln lag, waren die Verbrecher schon vor dem verwahrlosten Haus in Soho angekommen. Sie verschwendeten keine Zeit, ihre Beute schleunigst hineinzuschaffen, bevor jemand Fragen darüber stellte, was hier vor sich ging.
Als das letzte Stück ausgeladen war, wandte sich Nobby Evans an Rick.
»Laß den Möbelwagen schleunigst irgendwo verschwinden«, befahl er »Weit weg von hier, damit uns niemand damit in Verbindung bringen kann. Und vergiß nicht, alles abzuwischen, damit später keine Fingerabdrücke gefunden werden.«
Rick nickte unwillig. Immer war er es, der die Arbeit erledigte, während

Nobby Evans nur die großen Sprüche machte. Es war höchste Zeit, daß sich etwas änderte. Wortlos wandte er sich dem Möbelwagen zu und glitt hinter das Steuer. Bald darauf ratterte der Transporter davon.
Nobby Evans betrat nachdenklich das Haus. Auch wenn ihnen der Einbruch geglückt war, gefiel es ihm nicht, daß ihnen der Bengel dazwischengekommen war und um ein Haar alles vereitelt hätte. Am besten wäre es gewesen, ihm auf alle Zeiten den Mund zu stopfen, doch dazu hatte er sich nicht entschließen können. Aber er machte sich keine Illusionen darüber, daß es nur eine Frage der Zeit war, bis der Junge befreit wurde. Dann würde er berichten, was er beobachtet hatte, und der Polizei vermutlich auch eine gute Beschreibung von ihnen liefern.
Das bedeutete zwar noch lange nicht, daß man sie schon in Kürze verhaften würde, aber Nobby Evans ahnte, daß von nun an die Londoner Polizei scharf die Augen nach ihnen offenhalten würde. Früher oder später ging es ihnen allen an den Kragen. Mike und Rick waren ja Anfänger, die wahrscheinlich gleich aus den Fugen gingen, wenn sie erst einmal verhaftet wurden. Vielleicht war es am besten, sich still und leise abzusetzen, dachte Nobby. Doch dazu brauchte er Geld, und daran mangelte es. Was er bis jetzt zur Seite gelegt hatte, würde nicht lange ausreichen, und dann war er wieder gezwungen, krumme Geschäfte zu machen. Solange seine Kumpane noch das größte Risiko auf sich nahmen, wäre es unsinnig gewesen, sich von ihnen zu trennen. Außerdem galt es nun, die Beute möglichst rasch zu verkaufen. Sie würde eine schöne Summe einbringen.
In der Küche erzählte Mike den beiden Mädchen bereits großspurig, wie einfach der Einbruch gewesen war und was sie dabei erbeutet hatten. Nobby Evans verlangte nach einer Tasse Kaffee und sagte überhaupt nichts, während er trank. Dafür dachte er um so angestrengter nach. Es war wirklich höchste Zeit, daß sie aus London verschwanden. Hier wurde das Pflaster langsam zu heiß. Selbst wenn sie in einen anderen Stadtteil umzogen, würde die Polizei schon bald wieder auf ihren Fersen sein. Aber wohin sollten sie sich sonst wenden?

Es dauerte eine halbe Stunde, bis Rick zurückkehrte.
»Wo hast du den Möbelwagen gelassen?« erkundigte sich Nobby Evans.
»Auf einem kleinen Parkplatz, ein ganzes Stück von hier«, berichtete Rick. »Die Schlüssel habe ich in eine Abfalltonne geworfen.«
»Hast du alles abgewischt?«
»Natürlich. Ich bin doch nicht scharf darauf, daß sie uns schnappen.«
Nobby Evans atmete erleichtert auf. Wenigstens hatten sie einen kurzen Vorsprung, den sie ausnützen mußten. Morgen würde die Polizei schon besser wissen, hinter wem sie eigentlich her war. Dann wurde es gefährlich. Er fischte eine verdrückte Packung Zigaretten aus der Tasche und zündete sich einen Glimmstengel an.
»Also, am besten stecken wir jetzt alle die Köpfe zusammen und überlegen gründlich, wie nun alles weitergehen soll«, schlug er vor.
Mike blickte ihn überrascht an.
»Was heißt weitergehen? Es hat doch zweimal innerhalb einer Woche geklappt. Jean und Lilian haben auch ganz tüchtig gearbeitet, so daß wir ruhig eine Woche lang ausspannen können, bevor wir uns wieder etwas anderes einfallen lassen. Bis dahin hat sich auch der Staub wieder gelegt.«
Nobby Evans starrte ihn ärgerlich an.
»Du bist ein Idiot, Mike!« stieß er hervor. »Diesmal steht es schlimmer für uns, als du dir vorstellst. Na gut, wir haben mit der Beute verschwinden können, aber vergiß nicht, daß der Bengel uns gesehen hat. Du bildest dir doch hoffentlich nicht ein, er wird der Polizei gegenüber schweigen? Ganz im Gegenteil. So kleine Kröten wie er wollen sich nur wichtig machen. Dem Jungen wird das Maul überlaufen, wenn dieser Dixon erst einmal heimkommt und ihn befreit.«
»Na, und wenn schon«, meinte Mike unbekümmert. »Damit können die Bullen nicht viel anfangen. Du hast dem Bengel doch nicht unsere Adresse verraten. Und wenn wir eine Woche lang nichts ausbrüten, dann sind wir schnell wieder in Vergessenheit geraten.«

»Wenn du das glaubst, dann darfst du dich nicht wundern, wenn du eines Tages hochgenommen wirst«, antwortete Nobby Evans säuerlich. Mike konnte leicht reden. Er hatte ja keine Vorstrafen. Doch über Nobby Evans gab es bei der Polizei schon eine Akte samt Lichtbild. Wenn der Bengel wirklich ein gutes Gedächtnis und scharfe Augen hatte, dann tappte die Polizei nicht mehr lange im dunkeln.
»Ich glaube, Nobby hat recht«, kam ihm Rick ganz unerwartet zu Hilfe. »Es war unser Pech, daß der Junge aufkreuzte und so viele Fragen stellte.«
»Warum haben wir ihn dann nicht einfach umgelegt?« fragte Mike. »Dann hätte er uns nicht mehr gefährlich werden können.«
»Du hast wohl keinen Funken Verstand im Kopf, was?« riet Nobby Evans hitzig. »Das wäre doch glatter Mord gewesen. Dafür wanderst du lebenslang in den Knast. Ich habe keine Hemmungen, reiche Leute um ihr Geld zu erleichtern, aber von einem Mord will ich nichts wissen.«
»Ich auch nicht«, erklärte Rick. »Aber ich sehe schon ein, daß es langsam für uns brenzlig wird. Die Bullen sind ja auch nicht auf den Kopf gefallen. Sie werden bald wissen, was alles auf unser Konto geht. Was machen wir nun?«
»Ich sage, wir legen mal eine Woche Pause ein«, erklärte Mike. »Verdient haben wir uns das ja auch wirklich. Wir rühren uns nicht aus dem Bau, und dann wird man sehen, wie der Hase läuft.«
»So etwas kann nur dir einfallen«, meinte Nobby Evans. »Das bedeutet nichts anderes, als der Polizei eine Woche Zeit zu schenken, in der sie schön gemütlich und gründlich nach uns fahnden kann.«
»Hast du vielleicht einen besseren Einfall?« erkundigte sich Jean, die bisher schweigend zugehört hatte.
Nobby Evans nickte.
»Meiner Meinung nach wäre es das beste, wenn wir schleunigst aus London verschwinden. Am besten an die Südküste. Dort ist jetzt Urlaubsbetrieb. Die Polizei verbreitet unsere Beschreibung einstweilen doch nur in London. In einer anderen Gegend droht uns vorläufig keine Gefahr. Da

können wir sogar getrost eine Weile lang arbeiten, bevor wir wieder unsere Zelte abbrechen.«

»Und was machen wir mit dem ganzen Zeug, das wir abgestaubt haben?« erinnerte ihn Mike. »Das können wir doch nicht mitschleppen.«

»Eben deshalb müssen wir rasch etwas unternehmen«, klärte ihn Nobby Evans auf. »Morgen ist die Polizei noch immer damit beschäftigt, soviel wie möglich über uns in Erfahrung zu bringen. Da hat sie noch keine Zeit, Rundschreiben an die Händler herauszugeben, in denen die gestohlene Ware beschrieben wird. Wir müssen also zusehen, daß wir im Lauf des Tages alles schleunigst abstoßen. Das dürfte kein Problem bedeuten, wenn wir nicht zu gierig sind. Auf diese Weise kommen wir zu einer schönen Stange Geld. Dann setzen wir uns sofort nach Bournemouth oder Brighton ab.«

»Was sollen wir denn dort?« fragte Lilian. »Da ist doch nicht viel zu holen.«

»Hast du eine Ahnung!« antwortete Nobby Evans gedehnt. »Dort ist es ein Kinderspiel, zu Geld zu kommen.«

»Wie denn?« fragte Jean, und ihre Augen glitzerten gierig.

»Na, paß mal auf. Wenn die Leute in Urlaub fahren, dann nehmen sie doch immer Bargeld mit. Das ist doch selbstverständlich. Die meisten von ihnen steigen in Gasthäusern oder Hotels ab, oder in kleinen Pensionen. Und was machen sie dort mit ihrem Geld?« Nobby wartete nicht erst auf eine Antwort. »Sie nehmen es entweder in der Handtasche mit, oder sie lassen es in ihren Zimmern zurück, weil sie sich einbilden, dort sei es sicher. Tagsüber gehen sie dann an den Strand. Da brauchen wir uns nur in den Zimmern umsehen, während sie weg sind. Wenn wir Glück haben, kommen da in ein paar Tagen Tausende von Pfund zusammen. Natürlich können wir es uns nicht erlauben, länger als ein paar Tage in einer Stadt zu bleiben, sonst wird's gefährlich. Aber wir können während der ganzen Urlaubssaison einige Städte abklappern. In ein paar Wochen haben wir genug Geld, um uns den ganzen Winter keine Sorgen mehr machen zu müssen.«

Seine Freunde blickten einander zufrieden an. Eins mußte man Nobby Evans schon lassen: es mangelte ihm nicht an Einfällen.
»Das klingt gar nicht so übel«, gab Mike zu. »Aber wie soll das organisiert werden?«
»Ganz einfach«, erklärte Nobby. »Jeder von uns steigt in einem anderen Hotel ab. Wir brauchen nur aufzupassen. Da sehen wir dann schon, wer Geld oder Schmuck besitzt. Natürlich müssen wir miteinander in Verbindung bleiben. Keiner darf dort klauen, wo er wohnt. Wenn er eine günstige Gelegenheit ausspioniert hat, verständigt er einen anderen von uns, der dann die Zimmer durchsucht. Jede Chance muß gründlich ausgenützt werden. Natürlich mit Vorsicht. Nebenbei können wir dann auch noch unseren Vorrat an Kreditkarten benützen, um auch noch auf diese Weise zu Geld zu kommen. Sobald wir abgegrast haben, sehen wir uns nach grüneren Weiden um.«
»Wird denn niemand Verdacht schöpfen?« fragte Rick.
»Nicht, wenn wir getrennt arbeiten. Wenn wirklich jemand Fragen stellt, dann kann jeder von uns beweisen, daß er zum Zeitpunkt des Diebstahles ganz woanders war.«
»Das hört sich gut an«, meinte Lilian. »Die Einzelheiten kannst du uns ja noch erklären, wenn wir unterwegs sind, Nobby. Wann sollen wir abfahren?«
»Nach Möglichkeit schon morgen abend«, sagte Nobby. »Bis dahin müssen Mike, Rick und ich versuchen, unsere Beute in Bargeld zu verwandeln. Du und Jean sorgt am besten dafür, daß ihr zu ein paar hübschen Klamotten kommt. Schließlich sollt ihr ja wie durchschnittliche Urlauber aussehen. Allerdings werden wir ein Auto brauchen. Wir müssen morgen noch den ganzen Tag herumkutschieren, damit wir uns abends absetzen können. Das wird wohl am besten sein, sonst könnte leicht etwas schiefgehen.«
Seine Komplizen gaben ihm schließlich recht. Er hatte ihnen mit seinen Plänen bereits den Mund wäßrig gemacht. Bis tief in die Nacht hinein wurde Pläne geschmiedet.

18

Am folgenden Morgen brachte Mr. Dixon, wie versprochen, Joe King zu dem großen Verwaltungsgebäude von Scotland Yard. Er wurde in ein Zimmer geführt, wo ihm die Bildkartei vorgelegt wurde. Mr. Dixon entfernte sich unterdessen, um mit ein paar alten Bekannten zu sprechen. Er hoffte, auch ein paar wertvolle Hinweise aufschnappen zu können. Er war noch immer verstimmt darüber, daß er als alter Hase sich mit einem so billigen Trick der Verbrecher hereinlegen hatte lassen. Er war doch gewiß nicht leichtgläubig. Die Chance, jemals wieder seine Schmetterlinge oder das Porzellan zu sehen, war gering. Das verbitterte ihn am meisten.

Joe King blätterte in der Zwischenzeit die Bildkartei aller einschlägig vorbestraften Verbrecher durch. Ein paarmal zögerte er und musterte eines der Bilder schärfer, doch er konnte keinen der Verbrecher wiedererkennen. Er staunte, wie viele Menschen schon mit dem Gesetz in Konflikt gekommen waren. Es war fast zehn Uhr, als man schon das vierte Karteikästchen vor ihn hinstellte. Und da stutzte er plötzlich. Eines der Gesichter, die ihm entgegenblickten, schien ihm bekannt. Trotzdem war er seiner Sache nicht vollkommen sicher. Die engstehenden Augen und die Hakennase kamen ihm sehr bekannt vor, aber trotzdem stimmte etwas nicht. Erst als er sich das Gesicht mit einem dunklen, struppigen Bart vorstellte, kam er zu der Überzeugung, daß es sich um einen der Verbrecher handelte, die er in der vergangenen Nacht bei dem Einbruch überrascht hatte. Er war fast vollkommen überzeugt, daß es sich um den Bärtigen handelte, den er für den Anführer der Bande hielt.

Joe stand rasch auf und ging ins Nebenzimmer, wo zwei Polizeibeamte an ihren Schreibtischen arbeiteten.

»Ich glaube, ich habe einen gefunden«, berichtete er. »Aber schwören kann ich nicht darauf.«

»Na, dann wollen wir mal sehen, wen wir da haben«, meinte der ältere Beamte und folgte ihm.

Joe wies auf das Bild und erklärte, daß der Mann bei dem Einbruch aber einen Bart getragen hatte.
»Das wundert mich nicht«, sagte der Beamte. »Diese Burschen sind ja mit allen Wassern gewaschen und versuchen ständig, ihr Aussehen zu verändern. Am besten sehen wir uns mal die Akte an, die dazu gehört.«
Wenig später lag die Akte vor ihm. Auch Mr. Dixon war in der Zwischenzeit zurückgekehrt und zeigte großes Interesse an Joes Entdekkung.
»Charles Robert Evans, genannt Nobby«, las der Beamte vor. »Gebürtig in Cardiff, siebenundzwanzig Jahre alt, keinen festen Wohnsitz. Wiederholt wegen Diebstahls- oder Einbruchsverdacht festgenommen, aber nur einmal wegen Besitz gestohlenen Schmuckes verurteilt. Ein Jahr im Pentonville-Gefängnis abgesessen und mit Bewährungsfrist vorzeitig entlassen. Seit fast zwei Jahren liegt nichts mehr gegen ihn vor.«
»Das könnte einer der Knaben sein, hinter dem wir her sind«, sagte Mr. Dixon. »Er ist ja kein unbeschriebenes Blatt mehr. Es sieht so aus, als habe er im Gefängnis nur gelernt, wie man nicht so leicht erwischt wird. Haben Sie eine Ahnung, wo er jetzt steckt?«
»Leider nicht«, mußte der Beamte zugeben. »Manchmal wünsche ich mir, es gäbe in England ein strengeres Meldegesetz wie in vielen anderen Ländern, weil wir dann unsere schweren Burschen etwas genauer im Auge behalten könnten. Aber davon wollen die Politiker ja leider nichts wissen. Aber immerhin ist das schon ein brauchbarer Hinweis. Wir werden schleunigst seine Beschreibung an alle Dienststellen durchgeben. Wenn er sich in London befindet, dann können wir mit einiger Sicherheit annehmen, daß er etwas mit dem Einbruch zu tun gehabt hat. Ein Nachweis wird freilich nicht einfach sein, es sei denn, man ertappt ihn beim Verkauf der Beute.«
Mr. Dixon nickte ernst.
»Ihre Kollegen haben leider keine brauchbaren Fingerabdrücke gefunden«, berichtete er. »Und wenn dieser Evans auf reinen Verdacht hin

festgenommen wird, dann streitet er natürlich energisch ab, überhaupt in der Nähe der Cannon Street gewesen zu sein. Vielleicht können ihn die Handschriftexperten überführen, falls er das Dankschreiben an mich selbst geschrieben hat.«

Der Beamte legte seine Hand auf Joe Kings Schulter.

»Ein Glück, daß der Junge hier so scharfe Augen hat, sonst hätten wir jetzt noch nicht die geringste Spur. Wir kümmern uns sofort um alles, Inspektor. Sobald wir etwas erfahren haben, melden wir uns.«

»Danke vielmals«, antwortete Mr. Dixon. »Übrigens glaube ich, daß Sie Joe eines Tages wiedersehen werden. Er will nämlich Polizist werden, wenn er die Schule hinter sich hat.«

Der Beamte lächelte.

»Solche Jungen können wir bei der Polizei immer brauchen«, meinte er.

Mr. Dixon und Joe verabschiedeten sich und verließen Scotland Yard. Der kleine Morris war ganz in der Nähe geparkt.

»Sergeant Hawkins meint, es könnte sich da um dieselbe Bande handeln, die auch einen Einbruch in einem kleinen Elektroladen in der Nähe meines Hauses begangen hat«, erzählte Mr. Dixon unterwegs, als sie zur Cannon Street fuhren. »Nicht weit entfernt wurde nämlich ein Wagen entdeckt, der als gestohlen gemeldet war. Die Polizei konnte den Motor nicht in Gang bringen. Es sieht also so aus, als ob sich die Verbrecher rasch einen Ersatzwagen verschaffen mußten, um ihre Beute wegzubringen. Dazu müssen sie meinen Morris ausgewählt haben.«

»Und dabei sind sie auch auf den Gedanken gekommen, Sie in die Oper zu locken, damit sie in aller Ruhe in Ihr Haus eindringen konnten. Wenn wir nur wüßten, wo sich dieser Evans aufhält. Vielleicht könnten wir dann noch verhindern, daß Ihre Sammlungen spottbillig verschleudert werden.«

»Vielleicht gelingt es der Polizei schon bald, ihn zu finden«, meinte Inspektor Dixon. »In der Zwischenzeit kümmern wir uns am besten schleunigst um das Haus in Soho.«

19

Joes Freunde warteten schon ungeduldig auf seine Rückkehr von Scotland Yard. Es war schon Viertel nach elf, als sie alle endlich Soho erreichten und Mr. Dixon in sicherer Entfernung von dem Haus in der Greek Street den Wagen anhielt.
»Hoffentlich sind wir nicht zu spät gekommen«, meinte Billy Clarke pessimistisch, den das Warten schon wieder hungrig gemacht hatte. »Jetzt können sie schon stundenlang unterwegs sein und ein halbes Dutzend Leute ausgeraubt haben.«
»Sie werden jedenfalls wieder zu dem Haus zurückkehren, immer vorausgesetzt, daß sie überhaupt hier wohnen«, gab Mr. Dixon zu bedenken. »Wir müssen nur ein wenig Geduld haben. Geh unterdessen zu dem Geschäft dort drüben und bring sechs Portionen Eis für uns.«
Billys Gesicht erhellte sich zusehends, als ihm Mr. Dixon einen Geldschein reichte. Der Junge ließ sich nicht zweimal bitten. Wenn es sich um Essen oder Süßigkeiten handelte, wurde Billy immer recht munter.
Er war kaum ein paar Minuten zurück, als sich die Tür des Hauses öffnete und zwei Mädchen auf die Straße traten. Beide waren ungefähr im gleichen Alter und fast von der gleichen Größe.
»Die Dunkelhaarige ist das Mädchen, das ich gestern hierher verfolgte«, erklärte Joe King aufgeregt. »Ich glaube, es ist die, die deine Großmutter bestohlen hat, Donna. Es sieht also doch so aus, als ob sie hier wohnten. Was machen wir jetzt?«
»Donna!« entschied Mr. Dixon. »Nimm Gary mit und folge den beiden. Aber bleibt diskret im Hintergrund und unternehmt überhaupt nichts, das ihren Verdacht erwecken könnte. Greift unter keinen Umständen ein, was immer sie auch tun. Nach allem, was Joe beobachtet hat, scheinen noch andere Leute in dem Haus zu wohnen.«
Donna nickte, und Joes jüngerer Bruder glitt hinter ihr aus dem Wagen. Joe war enttäuscht. Er hatte das Diebesnest entdeckt und sollte jetzt tatenlos im Wagen warten?

»Warum durfte ich sie nicht verfolgen, Onkel Rupert?« fragte er.
»Es ist möglich, daß dich das Mädchen gestern vielleicht doch bemerkt hat«, erinnerte ihn der Inspektor. »Wenn sie dich heute wieder sieht, dann merkt sie gleich, daß etwas nicht stimmt, und das kann zur Flucht der ganzen Bande führen.«
Billy war mit der Entscheidung Mr. Dixons durchaus einverstanden. Er war zu sehr damit beschäftigt, das geschmolzene Eis von seinen Fingern zu lecken. Außerdem war es bequem im Wagen, bequemer jedenfalls, als hinter zwei Mädchen herzuspionieren, ohne etwas unternehmen zu dürfen, wenn es wirklich ernst wurde. Er lehnte sich in die Polsterung zurück.
Drüben in dem Haus rührte sich vorläufig nichts. Sie mußten sich eine weitere Viertelstunde gedulden, bis sich die Tür ein zweites Mal öffnete. Diesmal traten drei junge Männer in verwaschenen Jeans auf die Straße. Joe King beugte sich vor und starrte ungläubig durch die Windschutzscheibe.
»Das sind doch . . .« stieß er hervor.
Mr. Dixon musterte ihn von der Seite her.
»Was?«
»Ich könnte schwören, es ist die Bande, die gestern abend in Ihrem Haus war«, sagte Joe hastig. »Schauen Sie doch! Der mit dem Bart muß dieser Evans sein, den ich schon in der Bildkartei der Polizei entdeckt habe. Sie haben das Polizeifoto ja auch gesehen!«
Mr. Dixon folgte seinem Blick. Die Männer waren an den Straßenrand getreten und blickten unschlüssig um sich. Doch die Entfernung war zu groß, und der Inspektor war sich seiner Sache nicht ganz sicher. Joe hatte schärfere Augen.
War es möglich, daß der Junge recht hatte? Obwohl Mr. Dixon ein ruhiger, erfahrener Beamter war, konnte auch er diesmal die Erregung nicht unterdrücken, die ihn befiel.
»Billy, Kenny!« befahl er. »Verfolgt die drei, aber haltet die Augen auf und macht keine Dummheiten. Sie können gefährlich werden, wie Joe

schon am eigenen Leib verspürt hat. Paßt genau auf, was sie tun, aber laßt euch nicht entdecken.«

Wieder waren die anderen an der Reihe, dachte Joe enttäuscht, aber diesmal verstand er, weshalb es Mr. Dixon nicht riskieren konnte, ihn einzusetzen oder gemeinsam mit ihm die Verfolgung aufzunehmen. Es bestand die Gefahr, daß sie von den Burschen erkannt wurden. Dann wäre die ganze Bande gewarnt gewesen, und sie hätten nur das Nachsehen gehabt. Billy wischte sich die klebrigen Hände an der Hose ab, während er mit seinem Freund Kenny aus dem Wagen stieg. Die drei Männer hatten sich bereits entfernt, und die beiden Jungen mußten sich beeilen, um nicht den Kontakt zu verlieren. Bald waren sie alle um die Ecke verschwunden, Verbrecher und Verfolger. Mr. Dixon runzelte die Stirn.

»Bist du sicher, daß es sich auch wirklich um die Verbrecher handelt, die mein Haus geplündert haben?« fragte er.

»Zweifellos!« bestätigte Joe. »Zwei von ihnen habe ich doch ganz aus der Nähe gesehen. Ich bin überzeugt, daß es sich bei dem mit dem Bart um Evans handelt. Den habe ich gestern übrigens schon einmal hier gesehen. Nur war es da schon ziemlich dunkel. Aber diesmal irre ich mich ganz bestimmt nicht.«

Mr. Dixon starrte noch immer nachdenklich vor sich hin. Das war gewiß mehr als ein Zufall. Aber er konnte sich darauf verlassen, daß sich Joe mit seiner Behauptung nicht nur wichtig machen wollte. Joe wußte genau, was von seiner Aussage abhing.

»Wenn du recht hast, dann handelt es sich da um ein regelrechtes Räubernest«, überlegte er. »Die Burschen spezialisieren sich auf Einbrüche oder ziehen leichtgläubigen Leuten auf andere Weise das Geld aus der Tasche, und die beiden Mädchen plündern alte Rentner aus.«

»Und unternehmen so nebenbei auch noch Ladendiebstähle«, ergänzte Joe. »Ich schätze, alles zusammen bringt ihnen eine Menge Geld.«

Der Junge hat recht, dachte der Inspektor. Er wunderte sich nur, weshalb die Polizei dieser Bande nicht schon früher auf die Spur gekommen

war. Vielleicht blieben sie immer nur ein paar Wochen oder Monate in einer Gegend, bis es ihnen zu riskant wurde und sie in eine andere Stadt umzogen? Es war ja nicht anzunehmen, daß ihre Raubzüge erst vor kurzer Zeit begonnen hatten, denn dazu legten sie zuviel Kaltblütigkeit an den Tag. Wenn seine Überlegung zutraf, dann würde es vermutlich nicht allzulange dauern, bis die ganze Bande Soho verließ und eine andere Gegend unsicher machte.
Er sah zu dem Haus hinüber, in dem sich jetzt nichts mehr rührte. Es war ziemlich unwahrscheinlich, daß sich jemand darin befand, sonst hätte sich der eine Kerl kaum die Mühe gemacht, das Haus so sorgfältig zu verschließen. Irgendwie hatte Mr. Dixon das Gefühl, daß es hinter diesen Mauern die Antwort auf die Fragen gab, die ihn erfüllten. Wenn Joe recht hatte, dann bestand sogar die Möglichkeit, daß diese Burschen die Beute aus ihren Einbrüchen hierher gebracht hatten. In diesem Fall waren vielleicht seine Schmetterlingssammlung und das Porzellan nicht für alle Zeiten verloren, wie er schon befürchtet hatte. Der Gedanke ließ ihm keine Ruhe mehr. Er überlegte, ob es sinnvoll war, Sergeant Hawkins anzurufen und ihn zu bitten, hierher zu kommen. Aber auch das hätte wenig genützt. Es gab nur die Aussagen Joes, und die reichten nicht aus, um die Polizei schon viel unternehmen zu lassen. Ohne die entsprechenden Beweise hätte sich der Sergeant kaum einen Durchsuchungsbefehl verschaffen können, und die Beweise fanden sich vermutlich hier, hinter dieser Haustür.
»Was machen wir jetzt?« wollte Joe King wissen, und Mr. Dixon hatte sich soeben die gleiche Frage gestellt. Hier im Auto zu sitzen und die Rückkehr ihrer Freunde abzuwarten führte zu nichts. Vielleicht standen die Verbrecher schon jetzt im Begriff, sich den Staub von Soho von den Schuhen zu schütteln. Mr. Dixon ahnte, daß er die Zeit nützen mußte, und dazu bot sich ihm nur eine Möglichkeit.
»Ich muß versuchen, in das Haus zu gelangen«, überlegte er laut. Joe starrte ihn überrascht und ein wenig ängstlich an.
»Ist das denn nicht zu riskant?« fragte er dann. »Wenn noch einer im

Haus ist oder die anderen wieder zurückkehren, wird es gefährlich.« Mr. Dixon lächelte, obwohl ihm eigentlich gar nicht danach zumute war.
»Nur wenn ich dabei erwischt werde, aber dazu wird es mit deiner Hilfe hoffentlich nicht kommen«, vertraute er dem Jungen an. »Du mußt gut aufpassen, um mich rechtzeitig zu warnen, wenn eine Gefahr droht. Ich will mich nur einmal kurz in der Bude umsehen. Wenn es sich wirklich um eine hartgesottene Bande handelt, wie wir beide vermuten, dann dürfte sich das gleich herausstellen. Ich hoffe sogar, sie haben ihre Beute von gestern abend hierher gebracht. Wenn ich diesen Beweis finde, dann gibt es keine Zweifel mehr, wen wir vor uns haben. Dann können wir Sergeant Hawkins einschalten, und alle werden hochgenommen, wenn sie ahnungslos wieder zurückkehren, wie ich hoffe.«
»Was haben Sie vor?« erkundigte sich Joe.
Mr. Dixon warf wieder einen Blick über die Straße. In dem Haus rührte sich noch immer nichts.
»Zuerst will ich mir die Bude mal genauer von außen ansehen«, erklärte er. »Vielleicht gibt es von der Gasse da drüben einen Weg zum Hinterhof oder Garten. Wenn ich sehr viel Glück habe, steht vielleicht sogar irgendwo ein Fenster offen, durch das ich nach innen gelangen kann.«
»Ich komme mit!« sagte Joe entschlossen.
»Nein!« widersprach Mr. Dixon. »Das wäre falsch. Wenn etwas schiefgeht, dann stecken wir beide in der Tinte. Außerdem bist du hier draußen als Aufpasser viel wichtiger. Aber sei vorsichtig. Benimm dich ganz unauffällig und laß dich nicht sehen. Vergiß nicht, daß diese Burschen dich wahrscheinlich genauso rasch erkennen werden wie du sie.«
Joe nickte, auch wenn er keineswegs von diesen Vorschlägen begeistert war. Es gefiel ihm nicht, daß er nichts anderes tun sollte, als den Aufpasser zu spielen, während Mr. Dixon das ganze Risiko auf sich nahm. Für ihn wäre es einfacher gewesen, in das Haus zu gelangen, denn er war flinker und gelenkiger als der Inspektor. Außerdem hätte er im Notfall auch rascher aus dem Haus fliehen können als Mr. Dixon.

»Seien Sie vorsichtig, Onkel Rupert«, sagte er warnend.
Der Inspektor schmunzelte.
»Darauf kannst du Gift nehmen, meine Junge. Ich habe keine Lust, entdeckt zu werden«, sagte er, bevor er aus dem Wagen stieg und mit zielbewußten Schritten die Straße überquerte.
Joe sah ihm besorgt nach. Dann aber erinnerte er sich an seine Aufgabe und begann aufmerksam alle Passanten in der Greek Street zu beobachten.

20

Die Seitengasse war so schmal, daß sie nur von Fußgängern benützt werden konnte. An beiden Seiten war sie von einer zwei Meter hohen Mauer begrenzt. Weiter unten sah Mr. Dixon einen rostigen alten Kinderwagen stehen, der mit einem Sack beladen war. Er warf einen Blick über die Schulter zur Greek Street zurück. Niemand kam!
Er hatte bereits einen kurzen Blick durch die Fenster an der Vorderfront des Hauses versucht, doch schmutzige Vorhänge verhinderten jede Neugierde. Jetzt erreichte er eine morsche, schmale Tür in der Mauer, von der die Farbe häßlich abblätterte. Zuerst glaubte Mr. Dixon schon, sie sei von innen verriegelt, doch dann erkannte er, daß das Holz nur durch die Nässe aufgequollen war und sich verklemmt hatte. Er stemmte die Schulter gegen die Tür und spürte, wie sie nachgab. Rasch trat er ein und sah um sich. Der kleine, quadratische Hof konnte einmal ein hübscher Garten gewesen sein, jetzt jedoch glich er mehr einer Unrathalde. Der alte Schuppen im Mauerwinkel war schon zum größten Teil eingestürzt. Daneben erhob sich ein Berg von Ziegeln und anderem Baumaterial. Überall lagen rostige Konservendosen, und auf dem Betonpfad war

ein kleiner Berg Kohle angehäuft. Das Gras war schon seit einer Ewigkeit nicht mehr gemäht worden und von Unkraut überwuchert.
Das Haus machte von der Rückseite einen noch trostloseren Eindruck. An einer Ecke war der Verputz abgefallen, und Mr. Dixon sah, daß auch ein paar Dachziegel fehlten. Bei schlechtem Wetter regnete es dort gewiß herein, aber dennoch hatte sich niemand bemüht, die notwendigen Reparaturen auszuführen. Und es gab doch drei junge, gesunde Männer im Haus! Ein ganzes Fenster war mit einer Sperrholzplatte abgedeckt. Vermutlich hatte sich niemand die Mühe gemacht, die zerbrochenen Scheiben zu ersetzen. Die Füllung der Tür, die vom Erdgeschoß in den Hof führte, war mit dickem Pappkarton vernagelt. Langsam kam Mr. Dixon der Verdacht, daß die fünf jungen Menschen hier ohne die Zustimmung des Besitzers hausten und keine Miete bezahlten, sonst hätten sie sich gewiß bemüht, ihre Umgebung ein wenig anheimelnder zu gestalten.
Wieder warf der Inspektor einen vorsichtigen Blick um sich. Er durfte keine Zeit verlieren. Mit ein paar Schritten hatte er das Haus erreicht und ging an den blinden Fenstern entlang. Zu seiner Enttäuschung waren sie alle gut verriegelt. Er würde eine Scheibe zerbrechen müssen, um eindringen zu können, dachte er.
Doch das erwies sich dann als gar nicht notwendig. Als er einmal gegen den Pappkarton in der Türfüllung drückte, spürte er, wie dieser nachgab. Mr. Dixon brauchte nur hineinzugreifen und herumzutasten. Einen Augenblick später spürte er einen rostigen Schlüssel in der Hand. Es kostete viel Kraft, ihn herumzudrehen, und Mr. Dixon befürchtete schon, er würde abbrechen, als endlich das Schloß nachgab. Er horchte nach innen, bevor er vorsichtig die Tür öffnete. Sie quietschte in rostigen Angeln.
Als er dann in der altmodischen, verwahrlosten Küche stand, hielt er den Atem an. Nicht nur, um auf irgendwelche Geräusche im Haus zu lauschen, sondern weil es ganz erbärmlich stank. Überall stand schmutziges Geschirr umher, Kochtöpfe mit angebrannten Speiseresten und sonstiger

alter Kram. Ein paar Fliegen summten. Gedämpft konnte er den Verkehr von der Straße her hören, aber im Haus blieb alles still. Er erkannte, daß die Menschen hier in unsagbarem Schmutz und Verfall lebten. Dabei kosteten doch ein wenig Seife und heißes Wasser wirklich wenig. Aber wahrscheinlich war die Bande zu faul, um ein wenig Ordnung zu schaffen. Das war wohl auch der Grund dafür, weshalb sie lieber Verbrechen begingen, anstatt sich eine regelmäßige Arbeit zu suchen.

Mr. Dixon ging weiter und kam in einen dunklen, stickigen Gang mit zwei Türen. Die eine führte in ein verwahrlostes Badezimmer. Die Badewanne war rostig, und das aus dem Hahn tropfende Wasser hatte eine graugrüne Spur auf dem Zinkblech hinterlassen. Das Handtuch, das von einem zersprungenen Waschbecken hing, war mehr grau als weiß. Nein, auch von der persönlichen Sauberkeit dieser Menschen war nicht viel zu halten.

Durch die andere Tür gelangte er in ein kleines Wohnzimmer an der Straßenseite. Auf dem Boden lag ein zerknüllter Schlafsack. Daneben stand eine Tasse mit einer ölig schimmernden Flüssigkeit, die nach kaltem Tee aussah. Der große, funkelnde Fernsehapparat dagegen paßte genausowenig zu dem armseligen Zimmer wie das teure Hi-Fi-Gerät und der hohe Stapel Schallplatten auf einem Stuhl. Die Luft war abgestanden und schal. Zertretene Zigarettenreste vervollständigten das Bild totaler Verwahrlosung. Mr. Dixon konnte sich beim besten Willen nicht vorstellen, wie ein Mensch in diesem schmutzigen Durcheinander leben konnte.

Mit ein paar Schritten durchquerte er das Zimmer und trat zum Vorhang, um einen kurzen Blick nach draußen zu werfen. Er sah Joe King auf der anderen Straßenseite besorgt nach allen Richtungen Ausschau halten. Am liebsten hätte er schleunigst dieses trostlose Haus wieder verlassen, um an die frische Luft zu kommen. Doch bis jetzt hatte er noch immer keinen Beweis für seinen Verdacht entdeckt. Es wurde höchste Zeit, daß er das Haus genau durchsuchte und dann schleunigst ver-

schwand, bevor jemand seine Anwesenheit entdeckte und falsche Schlüsse daraus zog.
Er wandte sich vom Fenster ab, um auch noch die übrigen Räume zu durchstöbern.

21

Die beiden Mädchen hatten so angeregt miteinander geplaudert, daß sie gar nicht auf den Gedanken kamen, es könnte ihnen jemand folgen. Sie wandten sich nach Westen, dem Geschäftszentrum zu. Dennoch blieben Donna und Gary in sicherer Entfernung, um nicht gesehen zu werden.
»Wenn sie sich irgendwo trennen sollten, dann folgst du der Blonden und ich der anderen«, bestimmte Donna in weiser Voraussicht. »Und wenn dann irgend etwas Unvorhergesehenes geschieht und du dir nicht zu helfen weißt, läufst du am besten zu Mr. Dixon zurück. Er wird sicher in der Greek Street auf uns warten.«
Gary nickte ernst, ohne den Blick von den beiden verfolgten Diebinnen zu wenden.
»Glaubst du, sie werden jetzt eine alte Frau ausrauben?« fragte er.
»Warten wir erst einmal ab«, dämpfte Donna seinen Eifer. »Aber selbst wenn so etwas geschehen sollte, dann tun wir überhaupt nichts, okay?«
»Aber wir können doch nicht einfach nur zusehen, wenn sie so etwas tun«, protestierte Gary. »Stell dir vor, es wäre wieder so eine alte Dame wie deine Großmutter. Wäre es dann nicht besser, einen Polizisten zu holen?«
»Nur wenn einer ganz in der Nähe ist«, gab Donna nach. »He, wohin gehen die denn jetzt?«

»Zum ›Ambrose‹«, erklärte Gary nach einem kurzen Blick auf die riesigen Reklamelettern an der Front des Kaufhauses. »Da kauft meine Mutter auch manchmal ein.«
Die beiden Mädchen waren bereits durch den Eingang verschwunden.
»Schnell!« drängte Donna und packte Garys Arm, um ihn mit sich zu ziehen. Sie schafften es gerade noch, das Kaufhaus zu betreten, bevor die Rolltreppe die beiden Mädchen nach oben entführte. Donna zog Joes jüngeren Bruder mit sich. Sehr zu seinem Verdruß, denn es kam ihm so vor, als behandelte ihn Donna wie ein kleines Kind, das sich jeden Augenblick in dem Gedränge verlaufen konnte.
»So laß mich doch los!« protestierte er, als auch sie das obere Stockwerk erreicht hatten. Vor sich sahen sie nun die beiden Mädchen, die jetzt nicht mehr so lustig miteinander plauderten, sondern forschende Blicke um sich warfen. Vermutlich hielten sie nach Ladendetektiven und verborgenen Fernsehkameras Ausschau.
An Haushaltsgegenständen, Stoffen und Nähbedarf schienen die beiden Diebinnen kein Interesse zu haben. Erst im dritten Stock, wo Damenmoden zum Verkauf angeboten wurden, verließen sie die Rolltreppe. Donna und Gary folgten ihrem Beispiel. Die Mädchen gingen langsam an den Kleidungsstücken vorbei, die auf großen, fahrbaren Gestängen hingen. Es gab Kleider, Kostüme, Mäntel, Hosenanzüge und Blusen. In riesigen Regalen waren Pullover und Wolljacken gestapelt.
Eine Verkäuferin wechselte ein paar Worte mit den beiden Mädchen, wandte sich dann jedoch ab. Donna zog den widerstrebenden Jungen ein Stück weiter, damit sie die Verfolgten nicht aus den Augen verloren. Hier und da blieben die Diebinnen stehen und wendeten ein Kleid oder ein Kostüm hin und her. Donna fiel auf, daß eine von ihnen dann immer wieder zu den Verkäuferinnen hinblickte, die entweder andere Kundinnen bedienten oder miteinander schwatzten. Na klar, dachte Donna. Sie haben bestimmt die Absicht, wieder etwas zu klauen.
»Suchen Sie etwas Bestimmtes, Fräulein?« erklang in diesem Augenblick eine freundliche Stimme neben Donna. Sie erschrak ein bißchen und

wußte nicht so recht, was sie antworten sollte. Zum Glück war Gary nicht so leicht um eine Antwort verlegen.
»Meine Schwester und ich warten auf unsere Mutter«, behauptete er, ohne mit der Wimper zu zucken. »Sie kauft da drüben einen Pulli.«
Die Verkäuferin lächelte und wandte sich ab.
»Wie kannst du nur so unverfroren lügen?« fragte Donna, als sie außer Hörweite waren.
»Na, was hätte ich denn sagen sollen? Du hast ja keinen Ton herausgebracht! Und wenn ich ihr die Wahrheit gesagt hätte, hm? Dann hätte sie womöglich Alarm geschlagen, noch bevor die zwei überhaupt etwas geklaut haben.«
Für ein paar Sekunden hatten sie die beiden Mädchen aus den Augen verloren. Als sie sich suchend umdrehten, sahen sie, daß die Dunkelhaarige soeben in einer der Umkleidekabinen verschwand und den Vorhang hinter sich schloß. Ihre blonde Begleiterin ging auf eine Verkäuferin zu und stellte irgendwelche Fragen.
»Was wird denn da gespielt?« murmelte Donna.
»Ach, wenn die wirklich ein paar neue Kleider kaufen, dann steht uns was bevor«, meinte Gary trocken. »Ich weiß doch, wie lange das dauert, bis Frauen sich entscheiden können. Mein Vater gibt meiner Mutter lieber das Geld und sagt, sie soll ohne ihn einkaufen gehen, anstatt daß er den ganzen Tag lang mit ihr herumzuckeln muß.«
Nicht einmal sein kindlicher Ernst konnte Donna zum Lächeln bringen. Sie blickte zu der Umkleidekabine, in der die Dunkelhaarige verschwunden war, und konnte sich nicht des Gefühls erwehren, daß die Blonde nur die Aufmerksamkeit der Verkäuferin ablenken wollte. Und gleich darauf ging tatsächlich auch sie mit drei Kleidern zu einer Kabine.
»Na, was habe ich gesagt?« meinte Gary altklug. »Wenn wir darauf warten, daß sie das Richtige finden, holen wir uns Plattfüße. Warum gehen wir nicht einfach hinunter und warten auf der Straße, bis sie wieder herauskommen?«
»Sei ruhig!« sagte Donna angespannt, weil sie nun ihre Aufmerksamkeit

auf zwei Kabinen gleichzeitig richten mußte. Einmal sah sie, wie sich der Vorhang kurz bewegte, und dann war es die Blondine, die zuerst wieder herauskam. Jetzt trug sie ein Kleid, das sie ganz verändert erscheinen ließ. Fast hübsch sah sie aus, fand Donna, viel netter als in den alten Jeans und dem Pulli.

»Das Kleid ist sehr schön, zwickt aber schrecklich unter den Achseln«, hörte Donna ihre schrille Stimme. »Da, sehen Sie sich das doch selbst einmal an!«

Wenn Donna nicht scharf aufgepaßt hätte, wäre ihr die Bewegung des anderen Vorhanges beinahe entgangen. Ein dunkler Kopf erschien, ein rascher Blick zu der blonden Begleiterin, die die ganze Aufmerksamkeit der Verkäuferin in Anspruch nahm – und eine Sekunde später verließ die Dunkelhaarige ohne Hast ihre Kabine. Aber wie sah sie nun aus? Sie trug einen schicken Mantel mit flauschigem Pelzkragen, der sich um ihren Hals schmiegte. Die verknitterten Jeans waren verschwunden, doch dicht über den Lederstiefeln konnte Donna den hellen Saum eines Kleides sehen. Ruhig wandte sich das Mädchen ab und schritt zur Treppe, die im Hintergrund der Abteilung für Damenbekleidung nach unten führte. Donna war so überrascht, daß sie einen Augenblick wie versteinert dastand. Dann war das dunkelhaarige Mädchen verschwunden.

So eine Unverschämtheit! Die beiden hatten schon wehrlose Rentner betrogen und bestohlen und dabei genug Geld eingeheimst, um sich schicke Kleider zu kaufen, aber das reichte ihnen wohl nicht. Sie mußten auch noch im Kaufhaus stehlen! Und das anscheinend nicht zum ersten Mal, denn die beiden Mädchen waren so glänzend aufeinander eingespielt, daß man den Eindruck hatte, das alles sei schon öfters geschehen. In diesem Augenblick hatte Donna vollkommen die Warnung Mr. Dixons vergessen, nicht einzugreifen. Sie ärgerte sich maßlos über diese Unverfrorenheit und wollte sofort etwas unternehmen.

»Bleib hier!« sagte sie aufgeregt zu Gary. »Laß die Blonde nicht aus den Augen!« Damit eilte sie davon. Zum Glück sah sie schon nach wenigen

Schritten die Verkäuferin, die sich zuvor so freundlich nach ihren Wünschen erkundigt hatte. Donna lief auf sie zu.
»Entschuldigen Sie!« sagte sie hastig. »Können Sie rasch einen Ladendetektiv rufen? Ein Mädchen hat soeben etwas gestohlen.«
»Wo?« fragte die Verkäuferin überrascht und blickte suchend um sich.
»Sie ist die Treppe hinunter! Aber das Mädchen da drüben, das ein Kleid anprobiert, gehört zu ihr. Beeilen Sie sich, bitte!«
»Kommen Sie!« drängte die freundliche Frau. Gemeinsam hasteten sie zu einer der Kassen, neben der ein Telefonapparat auf dem Ladentisch stand. Gleich darauf berichtete die Verkäuferin der Warenhausdirektion, was sie soeben erfahren hatte.
»Ja. Sie muß gleich unten ankommen, aber sie hat eine Komplizin. Die ist noch immer hier oben.«
Sie lauschte kurz.
»Was trägt sie?« wandte sie sich dann an Donna. Das Mädchen beschrieb den Mantel mit dem Pelzkragen und erwähnte die Lederstiefel.
»Gehen Sie so rasch wie möglich zum Haupteingang hinunter, Miß!« sagte die Verkäuferin. »Einer unserer Detektive wartet dort auf Sie. Vielleicht können Sie ihm die Diebin zeigen.«
Wenn sie bis dahin nicht schon längst verschwunden ist, dachte Donna, aber sie verschwendete keine Zeit und eilte zum Lift. Gleich darauf schwebte sie nach unten. Erst in diesem Augenblick erinnerte sie sich, daß sie den Rat Onkel Ruperts vollkommen vergessen hatte, weil sie so sehr empört gewesen war. Aber jetzt war es schon zu spät, sich deshalb Vorwürfe zu machen. Sie hoffte nur, daß sie nicht zu spät zum Haupteingang kam.

22

Billy und Kenny waren den drei jungen Männern gefolgt. Unterwegs hielten diese bei einer kleinen Imbißstube – sehr zu Billys Verdruß – und frühstückten zwar verspätet, aber ohne Eile.

Endlich erschienen sie wieder. In der Imbißstube hatten sie, wie man durch die Fensterscheiben sehen konnte, die Köpfe zusammengesteckt und miteinander geflüstert. Billy hatte in der Zwischenzeit verlangend die Speisekarte gemustert. Eine lächerlich kleine Portion Eis konnte doch nicht seinen ewigen Hunger stillen! Kenny war zu der Ansicht gekommen, daß die drei Verbrecher irgend etwas planten. Diese Vermutung wurde schon bald darauf bestätigt, als das Trio einen voll besetzten Parkplatz ansteuerte. Bald waren die Burschen zwischen den Reihen geparkter Automobile verschwunden.

»Ich wette, die wollen ein Auto klauen«, überlegte Kenny.

»Was könnten sie sonst hier auf dem Parkplatz vorhaben? Und was machen wir nur, wenn es wirklich dazu kommt? Wir können doch nicht zu Fuß hinter ihnen her.«

»Sollen wir dem Parkwächter Bescheid sagen?« fragte Billy.

»Der kann allein nicht viel gegen die drei Kerle unternehmen«, gab Kenny zu bedenken. »Außerdem hat Onkel Rupert doch befohlen, daß wir nicht einschreiten sollen.«

»Dann hätten wir uns ja gar nicht erst die Mühe machen brauchen, sie zu verfolgen«, brummte Billy.

Kenny dachte nach. »Wieviel Geld hast du bei dir?« fragte er.

»Wofür denn?« Billy war mißtrauisch. Er gab nicht gern sein Geld aus, es sei denn, es sprang etwas zum Futtern für ihn dabei heraus. Man wußte doch nie, wie lange man seinen Hunger im Zaum halten konnte.

»Vielleicht können wir sie mit einem Taxi verfolgen«, meinte Kenny. »Dann erfahren wir mit ein wenig Glück, was sie im Schild führen.«

»Na klar! Und wenn sie nun eine Spazierfahrt aufs Land hinaus machen, kann uns der Spaß ein kleines Vermögen kosten. Ich habe nur ein Pfund in der Tasche.«

»Und ich fünfzig Pence«, sagte Kenny. »Aber das dürfte ausreichen. Die meisten Taxis haben ein Funkgerät. Wenn die Kerle nach Soho zurückfahren, müssen wir eben den Fahrer dazu bringen, die Polizei zu benachrichtigen. Am besten machst du dich schleunigst auf die Suche nach einem Taxi.«

Obwohl Billy von dieser Wendung nicht sehr begeistert war, gab er widerstrebend nach und entfernte sich, wobei er aber immer wieder zurückblickte.

In der Zwischenzeit hatten die drei Burschen einen großen Ford entdeckt, der für ihre Zwecke ideal erschien. Die Plakette mit der Platznummer an der Windschutzscheibe bewies, daß der Wagen regelmäßig hier geparkt wurde. Das ließ hoffen, daß sein Besitzer erst nach Büroschluß zurückkehren und den Diebstahl entdecken würde. Die Diebe konnten also auf ein paar Stunden Vorsprung hoffen. Zeit genug, um ihre Beute möglichst rasch zu verkaufen, bevor sie aus London verschwanden. Nobby hatte ja eine gute Nase dafür, wie man zu Geld kam, ohne sich mit der Polizei herumärgern zu müssen. Nach der Panne in der vergangenen Nacht erschien es wirklich ratsam, zu verschwinden. Darüber waren sich nun alle einig.

Jetzt fischte Nobby eine dünne Drahtschlinge aus der Tasche. Die Autotür war in Sekundenschnelle offen. Die Lenkradsperre zu knacken dauerte etwas länger. Seine beiden Begleiter hielten in der Zwischenzeit die Augen offen, damit sie nicht überrascht wurden. Doch das Glück war auf ihrer Seite. Bald darauf sprang der Motor an, und der Wagen setzte sich in Bewegung. Nobby saß hinter dem Steuer.

»Warum fahren wir nicht nach Hause, holen die Mädchen und den kleineren Kram, den wir hier in London verkaufen wollten, und verschwinden gleich jetzt?« schlug Mike vor. Seit dem Gespräch in der vergangenen Nacht war er unruhig geworden. »Wir können doch das ganze Zeug auch in der Provinz verkaufen.«

Nobby Evans dachte kurz nach, doch er sah gleich einen Haken. Es wäre ein Fehler gewesen, die Beute in der nächsten Stadt zu verkaufen. Dadurch hätten sie höchstens dort gleich zu Beginn ihrer Tätigkeit unwillkommene Aufmerksamkeit auf sich gezogen. In London gab es genug Händler, die keine großen Fragen stellten, wenn sie billig kaufen konnten.

»Das geht nicht«, entschied er. »Ich bezweifle, daß Jean und Lilian schon wieder zurück sind. Wir müßten also nur auf sie warten und kostbare Zeit verlieren. Außerdem kenne ich hier ein paar Leute, bei denen wir alles leicht loswerden. Am besten fahren wir jetzt heim und verladen, was in diesen großen Schlitten paßt. Ich will nicht, daß der auffällige Ford länger als notwendig vor der Haustür steht. Es gibt zu viele neugierige Leute. Am besten flitzt ihr rein, holt das Zeug, und wir fahren sofort weiter!«

Sie waren an dem Parkwächter vorbeigekommen, der nur einen kurzen Blick auf die Plakette an der Windschutzscheibe geworfen hatte, und bogen nun auf die Hauptstraße ein. Hinter ihnen setzte sich ein altmodisches Taxi in Bewegung, doch dem schenkte Nobby Evans gar keine Beachtung. Er überlegte bereits, wo er die Beute am besten verkaufen konnte. Die beiden Schwachköpfe neben ihm brauchten ja gar nicht zu wissen, daß er keine Absicht hatte, den Erlös ehrlich mit ihnen zu teilen. Vorläufig würde er noch den Schatzmeister spielen, bis es ihnen gelungen war, zu einer Stange Geld zu kommen. Vielleicht hatten sie an der Südküste Glück. Wenn sie sich nicht erwischen ließen, mußte in ein paar Wochen so viel beisammen sein, daß es sich lohnte, die Kumpane um ihren Anteil zu prellen.

23

Donna blickte enttäuscht um sich, als sie den Haupteingang des Kaufhauses erreichte. Von der Ladendiebin war keine Spur zu sehen. War es möglich, daß sie sich längst aus dem Staub gemacht hatte, ohne auf ihre Freundin zu warten? Wahrscheinlich würde man Donna für eine Großsprecherin halten, wenn die Diebin nicht gefaßt wurde.

Während sie noch zögernd dastand und um sich blickte, trat ein hochgewachsener Mann auf sie zu.

»Entschuldigen Sie, Miß«, sagte er leise. »Sind Sie die junge Dame, die vor kurzer Zeit Meldung über einen Diebstahl erstattet hat?«

Es war leicht zu erraten, daß es sich bei diesem Mann um den Warenhausdetektiv handeln mußte, der in der Zwischenzeit herunter geeilt war, um die Verbrecherin abzufangen. Donna nickte bekümmert.

»Ja! Aber ich kann sie nirgends sehen. Vielleicht hat sie einen anderen Ausgang benützt.«

»Sie wird schon noch kommen«, beruhigte sie der Detektiv. »Alle anderen Ausgänge sind elektronisch gesperrt. Wenn sie sich noch immer im Kaufhaus befindet, muß sie hier herauskommen. Am besten bleiben Sie neben mir und sagen mir Bescheid, wenn sie erscheint. Den Rest können Sie getrost mir überlassen.«

Es herrschte viel Betrieb beim Ausgang, und Donna mußte scharf aufpassen. Was aber, wenn das Mädchen einen anderen Ausgang versperrt vorgefunden und Verdacht geschöpft hatte? Würde es dann nicht einfach die gestohlene Kleidung ablegen? Aber das war doch gar nicht möglich, fiel Donna ein. Sie hatte nichts mehr von den Jeans gesehen, die das Mädchen beim Betreten des Kaufhauses getragen hatte. Die mußte es in der Umkleidekabine zurückgelassen haben. Es konnte sich also höchstens des auffälligen Mantels entledigen. Welche Farbe hatte doch nur das Kleid darunter gehabt? überlegte Donna fieberhaft. Hell war es gewesen, aber von welcher Farbe?

Ein paar Minuten verstrichen. Eine ältere Frau erschien und flüsterte kurz mit dem Detektiv, bevor sie beiseite trat und vor einem der spiegelnden Schaufenster stehen blieb. War sie eine Kollegin des Ladendetektives? fragte sich Donna. Was würde Mr. Dixon wohl sagen, wenn er erfuhr, daß sie trotz seiner Warnung sich nicht nur mit einer Beobachtung der beiden Mädchen begnügt hatte? Vielleicht würde es ihm gar nicht recht sein. Und wo steckte Gary in diesem Augenblick?

Plötzlich zuckte sie zusammen: das blonde Mädchen kam aus dem Kaufhaus. Zu Donnas Erstaunen trug es allerdings dieselbe Kleidung, in der es angekommen war. Vermutlich hatte es nicht gewagt, allein einen Diebstahl auszuführen, nachdem sich ihre Freundin entfernt hatte. Gary war ihr dicht auf den Fersen. Donna zupfte am Ärmel des Detektivs.

»Die Blonde da ist die andere«, raunte sie ihm zu. »Aber ich glaube nicht, daß sie etwas gestohlen hat.«

»Ist gut!« murmelte der Detektiv und beobachtete das Mädchen, das suchend um sich blickte. Vielleicht wartete es nun auf seine Freundin. Jetzt hatte Gary Donna entdeckt und kam näher. Er wollte soeben etwas sagen, als Donna das Mädchen mit dem flauschigen Pelzkragen beim Ausgang sah. Die Diebin blickte nervös um sich.

»Das ist sie!« stieß Donna aufgeregt hervor. Der Detektiv folgte ihrem Blick. Dann nickte er zu dem Schaufenster hin, vor dem noch immer seine Kollegin stand. Mit ein paar Schritten trat er auf die Diebin zu. Die Blondine hatte sich unterdessen ihrer Freundin genähert. Die beiden Mädchen wechselten leise ein paar Worte miteinander und wollten schon gehen, als der Ladendetektiv plötzlich neben ihnen stand.

»Einen Augenblick, bitte!« sagte er mit fester Stimme. »Ich muß mit Ihnen sprechen!«

Die Diebinnen fuhren herum. Entsetzen spiegelte sich in ihren Gesichtern, als ihnen klar wurde, daß sie diesmal nicht unentdeckt entkommen waren, wie sie gehofft hatten. Die Blondine überwand zuerst ihren Schreck, wirbelte herum und wollte flüchten. Doch sie kam nur zwei Schritte weit und prallte dann gegen die Detektivin, die rasch ihren Arm packte und festhielt.

»Nicht so schnell!« sagte die Detektivin warnend. »Sie müssen uns ins Büro begleiten.«
Es nützte nicht viel, daß sich die Blondine loszureißen versuchte. Die Detektivin war im Umgang mit Ladendieben erfahren und verhinderte die Flucht. Ihr Kollege hatte den Arm der Dunkelhaarigen genommen, die sich noch immer nicht von der Überraschung erholt hatte.
»Die Blonde hat ganz frech im Vorbeigehen eine Armbanduhr geklaut, kurz vor dem Ausgang«, berichtete Gary seiner Freundin.
Nun, da die beiden Diebinnen den Ernst der Situation erkannt hatten, protestierten sie und erklärten, daß es sich um einen Irrtum handeln müsse. Doch für den Ladendetektiv und seine Kollegin waren solche Proteste nichts Neues. Ein paar Menschen waren stehengeblieben und sahen neugierig zu, wie die beiden wieder in das Kaufhaus zurück geführt wurden, nachdem der Mann Gary und Donna gebeten hatte, ihnen zu folgen. Gary war von dieser Einladung nicht sehr begeistert.
»Meinst du nicht, es wäre besser, jetzt zu verschwinden?« raunte er Donna zu.
Das Mädchen schüttelte den Kopf.
»Dazu ist es schon zu spät. Wir müssen erzählen, was wir beobachtet naben und weshalb wir ihnen überhaupt gefolgt sind. Sonst kommen sie am Ende mit ein paar Pfund Geldstrafe davon. Die Polizei muß alles über sie erfahren.«
Sie zog Gary mit sich, bevor sie die kleine Gruppe in dem Gedränge aus den Augen verloren. Bald erreichten sie einen Gang, der zu mehreren Büros führte. Dort wartete bereits die Verkäuferin aus der Damenabteilung, die das saubere Pärchen bedient hatte. Sie trug alte Jeans und einen Pullover in der Hand. Anscheinend handelte es sich um die Kleidungsstücke, die die Diebin in der Umkleidekabine zurückgelassen hatte, nachdem sie sich mit dem neuen Kleid und dem Mantel entfernt hatte.
»Gedulden Sie sich einen Augenblick«, sagte der Ladendetektiv zu Donna. Er führte die dunkelhaarige Diebin in ein Zimmer, seine Kolle-

gin folgte mit der Blondine, die einen sehr niedergeschlagenen Eindruck machte. Kein Wunder! So kurz vor dem Verlassen des Kaufhauses festgenommen worden zu sein, mußte auch raffinierte Ladendiebe erschüttern.
Die Verkäuferin kam mit einem erleichterten Lächeln auf Donna zu.
»Ein Glück, daß die beiden festgenommen wurden«, sagte sie. »Sonst hätte ich für den Verlust aus meiner eigenen Tasche aufkommen müssen. Ich bin Ihnen sehr dankbar, Miß. Wenn Sie nicht so scharfe Augen gehabt hätten, wäre der Diebstahl erst viel später entdeckt worden.«
Donna wollte schon erzählen, daß es kein Zufall war, daß sie den Diebinnen hierher gefolgt war, doch bevor sie etwas erwidern konnte, erschien wieder der Detektiv.
»Kommen Sie in mein Büro, Mrs. Taylor!« bat er. »Und ihr zwei ebenfalls.«
Ein wenig befangen betraten Donna und Gary hinter der Verkäuferin das Büro, aber zum Glück befanden sich die Diebinnen bereits unter Aufsicht in einem angrenzenden Zimmer. Die Verkäuferin mußte berichten, was sich ereignet hatte. Zum Beweis legte sie die Jeans und den Pullover auf den Schreibtisch.
»Sind Sie ganz sicher, daß es sich auch wirklich um die beiden Mädchen handelt, die wir festgenommen haben?« erkundigte sich der Detektiv.
»Zweifellos. Ich habe sie sofort wiedererkannt«, bestätigte Mrs. Taylor.
»Es ist gut«, sagte der Detektiv. »Am besten kehren Sie nun wieder auf Ihren Platz zurück. Wenn jemand von der Polizei mit Ihnen sprechen will, lasse ich Sie holen.«
Noch einmal bedankte sich die Verkäuferin bei Donna und Gary, bevor sie das Büro verließ. Nachdem sich die Tür hinter ihr geschlossen hatte, blickte der Detektiv lächelnd auf Donna und Gary.
»Was hättet ihr gegen ein Milchmixgetränk oder einen Obstsaft und ein Stück Kuchen einzuwenden?« erkundigte er sich. »Dabei könnt ihr mir die ganze Geschichte erzählen, und dann überlegen wir, ob es notwen-

dig ist, die Polizei einzuschalten, oder ob wir das alles auf andere Weise bereinigen können.«

Donna blickte ihn erschrocken an. Sie durfte nicht zulassen, daß die beiden Mädchen womöglich nur mit einer Verwarnung davonkamen.

»Es wird ganz gewiß erforderlich sein, die Polizei zu benachrichtigen«, sagte sie mit fester Stimme. »Dieser Ladendiebstahl ist nämlich nicht das erste Verbrechen, das die beiden begangen haben.«

Der Ladendetektiv blickte sie erstaunt an.

»Das klingt ja recht geheimnisvoll«, sagte er. »Am besten erzählt ihr mir alles ganz genau. Aber zuerst einmal sorge ich dafür, daß ihr zu einer kleinen Erfrischung kommt. Ihr habt euch ja mächtig angestrengt.«

Er verließ das Büro.

»Onkel Rupert wird nicht begeistert davon sein, daß du trotz seiner Warnung nun doch etwas unternommen hast«, raunte Gary seiner Begleiterin zu. »Wie bist du denn überhaupt auf diesen Gedanken gekommen?«

»Weil ich nicht zusehen konnte, wie sich die zwei da etwas nahmen, das ihnen gar nicht gehört. Und vergiß nicht, daß eine von ihnen gewiß auch meine Großmutter ausgeraubt hat. Jetzt sind sie auf frischer Tat ertappt worden, und es wird nicht lange dauern, bis sich die Polizei näher mit ihnen befaßt.«

Gary konnte nicht mehr antworten, denn auf dem Gang erklangen laute Schritte, und gleich darauf trat der Detektiv wieder ein.

»Der Kuchen kommt gleich«, versprach er. »Und jetzt erzählt, und zwar schön der Reihe nach. Ich habe den Eindruck, daß ihr mehr über die beiden Mädchen wißt, als ich zunächst glaubte.«

Donna ließ sich nicht zweimal bitten. Sie erzählte dem Ladendetektiv von dem Überfall auf ihre Großmutter und vom Entschluß der Tower-Hill-Detektive, die Verbrecherin auszuforschen. Sie erwähnte auch die Entdeckung, die Joe King am vergangenen Tag in der Greek Street gemacht hatte. Das Gesicht des Ladendetektivs verdunkelte sich immer mehr.

»Das ist ja noch viel schlimmer, als ich gedacht hatte«, sagte er. »Da wird uns wohl nichts anderes übrigbleiben, als sofort die Polizei zu benachrichtigen. Die wird nicht wenig staunen, was ihr da alles auf die Beine gebracht habt.«

Er griff zum Telefon und führte ein längeres Gespräch mit der Polizei.

»Sie schicken sofort ein paar Leute her«, sagte er dann.

In diesem Augenblick klopfte es an der Tür. Eine Angestellte trat ein und brachte ein Tablett, bei dessen Anblick die Augen Garys ganz groß wurden.

Der Detektiv lächelte.

»Macht euch darüber her«, schlug er vor. »Ich nehme mir in der Zwischenzeit schon einmal die beiden Mädchen vor. Wenn ihr dann noch immer hungrig seid, werden wir für Nachschub sorgen.«

24

Mr. Dixon schlich auf Zehenspitzen ins Obergeschoß. Doch bald darauf war er überzeugt, daß sich auch hier niemand befand. Die übrigen Räume des Hauses befanden sich in keinem besseren Zustand, wie er schon nach kurzer Zeit feststellen konnte. In den Schlafzimmern stapelten sich Kartons. Sie waren mit allen erdenklichen Dingen gefüllt, von Lebensmitteln bis zu Gebrauchsartikeln. Man hätte glauben können, sich in einem kleinen Lagerhaus zu befinden. Doch Mr. Dixon wußte, daß es eine ganz andere Erklärung gab. Gewiß handelte es sich um das Diebesgut, das die Bande nach ihren verschiedenen Einbrüchen hierher geschleppt hatte

Mr. Dixon erkannte, daß er nun genug Beweise vor sich hatte, um die

Polizei einzuschalten. Zweifellos würde es nicht schwerfallen, zu ermitteln, aus welchen Einbrüchen dieses Diebesgut stammte. Eigentlich hätte er mit dieser Erkenntnis schleunigst das Haus verlassen sollen. Doch obwohl er alles gründlich musterte, fand er sein Eigentum nicht darunter. Er war enttäuscht. Dabei war er überzeugt gewesen, daß die Bande keine Zeit gehabt hatte, seine Schmetterlingssammlung und das Porzellan noch in der vergangenen Nacht zu verkaufen. Vielleicht besaßen die Verbrecher anderswo noch ein weiteres Lager.
Es blieb also zunächst nichts anderes übrig, als die Polizei zu benachrichtigen. Zwar bezweifelte er, daß die Verbrecher nach ihrer Verhaftung freiwillig aus der Schule plaudern würden, wo der Rest ihres Diebesgutes verborgen war. Er befand sich somit in der eigenartigen Lage, daß er zwar die Verbrecher entlarvte, aber am Ende doch um sein Eigentum geprellt war.
Jetzt jedoch wurde ihm klar, daß er nicht länger in dem fremden Haus verweilen durfte. Jeden Augenblick konnte einer von der Bande zurückkehren und ihn überraschen. Mr. Dixon kehrte wieder in das Erdgeschoß zurück. Er wollte schon den Rückzug antreten, als er die Tür sah, die vermutlich zu einem Hohlraum unter der Treppe führte. Sie war ihm vorhin gar nicht aufgefallen. Neugierig öffnete er sie und blieb überrascht stehen. Feuchtkalte Luft drang ihm entgegen, und er sah undeutlich eine Betontreppe, die nach unten führte. Es gab also einen Keller, dachte er. Man hatte es dem Haus von außen gar nicht angesehen.
Er tastete an der Wand und fand einen Schalter. Eine nackte Glühbirne flammte auf und ließ ein graues Gewölbe sehen. Als Mr. Dixon die Stufen hinunterging, sah er zu seiner Überraschung seinen Schrank vor sich stehen, der in der vergangenen Nacht aus seinem Haus verschwunden war. Also hatte er sich doch nicht getäuscht. Die Bande hatte ihre Beute noch in der vergangenen Nacht hierher gebracht und war bis jetzt noch nicht dazu gekommen, daraus Kapital zu schlagen. Er atmete erleichtert auf, denn er hatte schon befürchtet, nie wieder etwas von seinem Eigentum zu sehen, das ihm im Lauf der Jahre ans Herz gewachsen war. Nun

dachte er nicht mehr an die Gefahr einer Entdeckung, sondern durchsuchte den ganzen Keller.
Genau wie die Räume im Obergeschoß war auch er zum Platzen voll. Mr. Dixon sah ein paar neue Fernsehgeräte auf dem schmutzigen Boden stehen. Unwillkürlich drängte sich ihm der Verdacht auf, sie könnten aus dem Einbruch in dem Elektrogeschäft in der Nähe der Cannon Street stammen. Dahinter fand er ein paar Kartons, die schon fleckig und feucht geworden waren.
Die Schaukästen mit seiner Schmetterlingssammlung waren achtlos übereinander gestapelt. Wußten diese Leute denn nicht, daß die aufgespannten Insekten bei dieser Feuchtigkeit im Keller schon in kurzer Zeit verderben würden und dann nicht mehr ersetzbar waren? dachte er ärgerlich. Am liebsten hätte er die Sammlung sofort nach draußen geschafft und in seinen Morris verladen.
In einer alten Teekiste lagen kleinere Gegenstände, in Wäsche verpackt. Er beugte sich darüber. Als er vorsichtig ein Unterhemd aufrollte, sah er eine kleine, zerbrechliche Porzellanfigur. Es handelte sich um eine Schäferin mit einem Hund, und er erkannte sie sofort als sein Eigentum. Mit einem Schlag wurde ihm klar, warum die Verbrecher nicht nur die Wertsachen aus seinem Haus gestohlen, sondern auch den Wäscheschrank geplündert hatten. Na, wenigstens waren sie vorsichtig mit dem wertvollen Porzellan umgegangen, anstatt es in ihrer Eile und Habgier zu zerbrechen. Dafür mußte er beinahe dankbar sein.
Er legte das gute Stück wieder an seinen Platz zurück. Nun war es wirklich höchste Zeit, daß er von hier verschwand, bevor es zu spät war. Er hatte ,a jetzt mehr als genug Beweismaterial in der Hand. Mr. Dixon wußte, wie sehr er Joe King zu Dank verpflichtet war. Wenn der Junge nicht die Diebin bis hierher verfolgt hätte, wäre es ihnen wohl niemals gelungen, dieses Versteck zu entdecken.
Er hastete die Treppe hoch, schaltete das Licht aus und schloß die Tür wieder. In diesem Augenblick hörte er den Motor eines Wagens, der ganz in der Nähe des Hauses anzuhalten schien. Mr. Dixon überlegte

kurz, ob er durch das Fenster des Wohnzimmers nachsehen sollte, ob jemand zu dem Haus kam oder nur draußen einen Wagen geparkt hatte. Doch er entschied sich rasch dagegen. Vielleicht war jede Sekunde kostbar, und es erschien vernünftiger, das Haus auf schnellstem Weg zu verlassen. Der Rückweg mußte wieder auf der Rückseite erfolgen, denn wenn die Verbrecher wirklich in der Zwischenzeit zurückgekehrt sein sollten, würden sie ja das Haus von der Straße her betreten.
Mit raschen Schritten eilte er zur Küche und warf einen vorsichtigen Blick in den Garten. Er lag verlassen da. Angestrengt horchte er zur Straße hin. Dann öffnete er die Tür und glitt aus der Küche. Er machte sich gar nicht erst die Mühe, den Pappkarton wieder zu befestigen oder hinter sich abzusperren, denn plötzlich war er von einer unerklärlichen Unruhe erfüllt. Ihm war, als müßte im letzten Augenblick noch etwas schiefgehen.
So rasch es ging, eilte er auf die schmale Tür zu, die in die Gasse führte, öffnete sie jedoch nur einen Spaltbreit, um vorsichtig nach draußen zu spähen. Dann hörte er Schritte, die sich näherten, und mußte die Tür wieder schließen. Die Schritte wurden erschreckend laut, aber sie hielten nicht an, sondern eilten draußen vorbei. Die Spannung in ihm löste sich ein wenig, doch noch war er nicht in Sicherheit, noch hatte er nicht die Polizei benachrichtigt, und dafür mußte er nun so rasch wie möglich sorgen, wenn die Verbrecher nicht entkommen sollten.

25

Es dauerte zwanzig Minuten, bis zwei Polizisten im Kaufhaus eingetroffen waren. Zu diesem Zeitpunkt hatte der Detektiv die beiden Diebinnen bereits einvernommen. Sie hatten zuerst hartnäckig geleugnet, aber sie

konnten natürlich keine Rechnungen für das gestohlene Kleid und den Mantel vorweisen, ebensowenig für die Armbanduhr.
Als die beiden Mädchen erkannt hatten, daß es keinen Ausweg mehr gab, hatten sie sich aufs Bitten verlegt. Sie seien arbeitslos, hatten sie behauptet, und hätten nur deshalb zu stehlen versucht, weil sie sich an diesem Nachmittag um eine Stellung bewerben und sauber angezogen erscheinen wollten. Es sei das erste Mal, daß sie so etwas versucht hätten.
So überzeugend logen sie, daß der Detektiv und seine Kollegin ihnen vielleicht Glauben geschenkt hätten, wenn sie nicht durch Donnas ausführlichen Bericht über die beiden Verbrecherinnen Bescheid gewußt hätten.
Als dann die beiden Polizisten eingetroffen waren, mußte Donna ihre Geschichte ein zweites Mal erzählen. Zuerst sah man den Polizisten an, daß sie an Donnas Behauptungen zweifelten. Erst als sie Mr. Dixons Namen erwähnte, stutzte einer der Beamten.
»Ist das der jetzt pensionierte Inspektor Dixon?« wollte er wissen.
»Richtig«, sagte Gary. »Und wenn Sie uns noch immer nicht glauben, dann rufen Sie doch Sergeant Hawkins an. Der kennt uns und weiß, daß wir nicht lügen.«
Man ließ Mrs. Taylor aus der Abteilung für Damenbekleidung holen. Auch sie mußte ihre Aussagen wiederholen. Dann erst wurden die beiden Diebinnen in das Büro geführt. Sie staunten nicht schlecht, als sie außer der Polizei auch noch Donna und Gary vorfanden. Allerdings war bereits abgesprochen worden, daß man vor ihnen die anderen Verbrechen noch nicht erwähnen würde. Darüber wollte die Polizei zuerst einmal mehr in Erfahrung bringen.
Als die zwei Mädchen von Donna, Gary und der Verkäuferin identifiziert wurden, erblaßten sie. Bis zum letzten Augenblick hatten sie gehofft, es würde ihnen gelingen, die Polizei aus dem Spiel zu lassen. Doch bald verwandelte sich ihre Enttäuschung in Ärger und Zorn.
»Warum habt ihr eure langen Nasen in fremde Angelegenheiten stecken

müssen?« fragte Jean Radnor gehässig. »Habt ihr denn nichts anderes zu tun?«
»Lassen Sie gefälligst diese dummen Bemerkungen!« herrschte einer der Polizisten sie an. »Das könnte Ihre Lage nur noch verschlechtern. Geben Sie lieber Ihre Namen und Ihren Wohnsitz zu Protokoll!«
Zögernd nannten die beiden Mädchen ihre Namen, aber einen festen Wohnsitz hätten sie nicht, sagten sie. Sie behaupteten, nachts in verschiedenen Quartieren oder in den Wartehallen der Bahnhöfe geschlafen zu haben. Ganz offensichtlich wollten sie die Adresse in der Greek Street nicht angeben, weil sie wußten, welche Folgen das haben würde.
»Na, dann werden wir Ihnen für die nächsten Tage zu einem festen Quartier verhelfen«, sagte einer der Polizisten. »Sie begleiten uns jetzt zur Polizeistation, damit wir dort alles schriftlich festhalten können.«
Eine Viertelstunde später befanden sich alle in der Bow Street. Dort war die älteste Polizeistation Londons, aus der sich erst ein modernes Polizeiwesen entwickelt hatte. Schon bevor Sir Robert Peel – dem zu Ehren auch heute noch der englische Polizist im Volksmund »Bobby« genannt wird – Scotland Yard gegründet hatte, gab es die »Bow Street Runners«, erklärte einer der Polizisten Donna. Diese Wachmänner waren die Vorgänger der heutigen Polizisten gewesen, und es hatte auch damals schon in der City von London viele Verbrecher gegeben.
Die beiden verhafteten Diebinnen wurden in ein Verhörzimmer geführt, und man versuchte, Sergeant Hawkins telefonisch zu erreichen. Doch dabei stellte es sich heraus, daß er vor wenigen Minuten zu einem Einsatz gerufen worden war.
»Na, wir haben ja eure Namen und Adressen«, wandte sich der Polizist an Donna und Gary. »Am besten geht ihr jetzt heim. Man wird sich mit euch in Verbindung setzen, wenn ihr wieder gebraucht werdet. Vielleicht gibt es für euch beide sogar eine Belohnung, weil es ohne eure Hilfe wohl kaum gelungen wäre, diese Mädchen zu fassen.«
Donna blickte ihn enttäuscht an.

»Uns geht es gar nicht um eine Belohnung«, sagte sie. »Mir erscheint es viel wichtiger, daß Sie rasch zur Greek Street fahren und sich dort umsehen. Inspektor Dixon und unsere Freunde sind ja noch immer dort auf dem Posten und beobachten das Haus. Sie wissen noch gar nicht, daß die zwei Mädchen schon verhaftet sind.«
Der Beamte überlegte.
»Kann möglich sein, daß wirklich noch mehr dahinter steckt«, gab er zu. »Wartet mal einen Augenblick. Ich spreche rasch mit dem Chef. Vielleicht werden wir wirklich dort gebraucht.«
Keine fünf Minuten später war er wieder da und brachte Donna und Gary zu dem Streifenwagen, in dem sein Kollege wartete.
»Zur Greek Street!« sagte er.

26

Immer wieder blickte Joe King beunruhigt zu dem Haus hinüber, in dem Mr. Dixon verschwunden war. Jetzt war schon eine Viertelstunde vergangen, seitdem der Inspektor es betreten hatte. Was trieb er denn nur so lange dort? Vielleicht war es ihm nicht gelungen, sich Eintritt zu verschaffen? Oder war er ahnungslos jemandem in die Arme gelaufen?
Am liebsten hätte Joe selbst nachgesehen, wo der Inspektor blieb und ob alles in Ordnung war, doch er wagte es nicht, seinen Posten zu verlassen. Er mußte Mr. Dixon doch rechtzeitig warnen, wenn ihm Gefahr drohte. Wenn die Männer zurückkehrten, mußten ja auch Billy und Kenny auf ihren Fersen sein. Aber konnten sie helfen? Sie wußten ja nicht einmal, daß Mr. Dixon in das Haus eingedrungen war!
Mit jeder Minute wurde Joe unruhiger. Lag Mr. Dixon vielleicht schon blutend in einem der Zimmer des Hauses, von einem Verbrecher nieder-

geschlagen? Sollte er rasch zur Telefonzelle laufen und die Polizei anrufen? Zwar hatte er wenige Minuten zuvor ganz kurz einen Schatten hinter einem Fenster des Hauses gesehen, doch er hatte nicht erkennen können, ob es sich um Mr. Dixon oder jemand anderen gehandelt hatte. Er beschloß, noch ein paar Minuten zu warten. Wenn dann Mr. Dixon noch immer nicht zurückkam, würde ihm nichts anderes übrig bleiben, als die Polizei zu benachrichtigen.

Plötzlich näherte sich ein großes Personenauto. Zuerst schenkte ihm Joe keine Beachtung, denn in Soho herrschte auch tagsüber ziemlich viel Verkehr. Erst als der Wagen die Fahrt verlangsamte und vor dem Haus anhielt, das er beobachtete, wurde ihm klar, daß etwas nicht in Ordnung war. Angst stieg in ihm hoch. Nicht er selbst fühlte sich bedroht, aber Mr. Dixon konnte in größte Gefahr geraten, wenn wirklich jemand das Haus betrat.

Das Sonnenlicht spiegelte sich auf den Scheiben des Wagens, so daß er nicht erkennen konnte, wer die Insassen waren, doch er konnte die Unruhe nicht unterdrücken, die ihn erfüllte. Er steckte schon zwei Finger zwischen die Zähne, um einen gellenden Pfiff auszustoßen, als zwei junge Männer aus dem Wagen stiegen. Joe King stockte der Atem. Er war nicht einmal mehr fähig, das Warnsignal abzugeben. Außerdem hätte es nichts mehr genützt, denn sie gingen schon zur Tür.

Es waren die Kerle, die in der vergangenen Nacht bei Mr. Dixon eingebrochen hatten. Dieselben, die von Billy und Kenny verfolgt wurden. Warum waren sie so unerwartet zurückgekehrt, und wo steckten Joes Freunde jetzt? Es konnte nur noch eine Frage von Sekunden sein, bis sie Mr. Dixon überraschten, denn Joe konnte schon den Schlüssel in der Hand des einen Verbrechers glitzern sehen, als er zur Haustür trat. Wenn Joe nicht rasch etwas unternahm, war alles verloren. Aber was nur? dachte er verzweifelt. Nun war es zu spät, die Polizei anzurufen. Irgendwie mußte er die Verbrecher weglocken, um Mr. Dixon die Gelegenheit zu geben, in der Zwischenzeit ungesehen das Haus zu verlassen.

Ohne Zögern trat Joe aus der Deckung. Die zwei Burschen hatten ihm den Rücken zugewandt. Aus dem Augenwinkel sah Joe, daß ein Stückchen weiter ein zweiter Wagen anhielt, doch es blieb ihm keine Gelegenheit mehr, sich um ihn zu kümmern. Er mußte die Aufmerksamkeit der Einbrecher auf sich lenken, sonst wurde Mr. Dixon unweigerlich entdeckt.

»He!« rief er ganz laut. Hoffentlich hörte auch der Inspektor seine Stimme und erkannte, daß etwas nicht in Ordnung war. »Ihr zwei da!«

Einer der beiden Männer drehte sich um und blickte über die Straße zu Joe herüber. Sein starrer Blick verriet, daß er bereits erkannt hatte, wen er da vor sich hatte.

»Der Bengel!« zischte er seinem Begleiter zu, der soeben den Schlüssel ins Schloß stecken wollte. »Die Rotznase, die uns gestern schon einmal in die Quere gekommen ist. Was hat er hier zu suchen?«

Nun war auch noch ein dritter Mann ausgestiegen. Es war der mit dem Bart. Evans. Alle drei sahen zornig zu Joe herüber, der noch immer unschlüssig auf dem Gehsteig stand. Zwar hatte er Mr. Dixon eine Atempause verschafft, doch jetzt hatte er ganz allein drei gefährliche Verbrecher auf dem Hals. Plötzlich war es mit Joes Mut vorbei. Gleich würden sie sich auf ihn stürzen und ihn in das Haus schleppen oder in den Wagen zerren. Er fuhr herum und rannte mit langen Sätzen davon. Wenn er einen Vorsprung herausholte, dann gelang es ihm vielleicht, sie abzuschütteln. Er brauchte gar nicht erst über die Schulter zu blicken, um sich zu überzeugen, ob er verfolgt wurde. Das verrieten schon die klappernden Absätze. An der nächsten Ecke sah er, daß ihm zwei der Burschen viel näher waren, als er geglaubt hatte. Hoffentlich holten sie ihn nicht ein. Aber wenigstens hatte er sein Ziel erreicht, sie von Mr. Dixon abzulenken. Er rannte, so schnell ihn seine Beine trugen Tatsächlich, er konnte den Abstand ein wenig vergrößern.

Ein Lieferwagen ratterte vorbei. Der Junge mußte das Tempo verlangsamen, bis er die Gasse überqueren konnte. Das wäre ihm beinahe zum Verhängnis geworden, denn jetzt saßen ihm die Verfolger schon hart

im Nacken. Einer hatte schon die Hand ausgestreckt, um ihn zu pakken.
Joe schlug einen Haken und sah gleich darauf eine Seitenstraße vor sich abzweigen. Er lief auf sie zu. Seine Verfolger waren ein wenig außer Atem gekommen, und er frohlockte schon, als er wieder ein wenig Vorsprung gewann.
Doch er war noch keine fünfzig Meter die Straße entlang gelaufen, als er vor sich eine hohe Mauer sah, die ihm den Weg versperrte. Er war in eine Sackgasse geraten! Verzweifelt hielt er an und blickte um sich. Die Schritte der Verfolger kamen wieder näher. Die Angst schnürte ihm die Kehle zu. Diesmal gab es keinen Ausweg. Er rannte auf eine Tür zu und rüttelte an der Klinke, doch sie war versperrt. Das war die letzte Hoffnung gewesen. Jetzt war alles verloren.
Hinter ihm waren die Verbrecher. Siegessicher kamen sie auf ihn zu. In dieser engen Straße konnte er nicht einmal an ihnen vorbeiflitzen.
Da fiel sein Blick auf eine Abfalltonne, die dicht an der Mauer stand. Blitzschnell erkannte er, daß sie seine einzige Chance darstellte, den Verbrechern zu entkommen. Er jagte auf sie zu und schnellte sich hoch. Der Blechdeckel dröhnte unter ihm, aber seine Hände hatten den Mauerrand erreicht, und er zog sich hoch. Keine Sekunde zu früh, denn die Verfolger hatten seine Absichten erkannt und stürzten auf ihn zu. Der vorderste hätte ihn um ein Haar bei der Jacke gepackt und zurückgerissen. Seine Fingerspitzen verfehlten Joe nur um wenige Zentimeter, als sich der Junge über die Mauer wälzte und sich in die Tiefe fallen ließ. Es war ein harter Fall, doch er raffte sich schon auf, als hinter ihm die Männer nun ebenfalls die Mauer erstiegen. Joe sah sich hastig um. Er befand sich auf einem alten Fabrikgelände. An drei Seiten war er von Mauern umgeben, nur rechts gab es eine Lücke. Er rannte auf sie zu und sah einen verwahrlosten Hof mit allerlei Gerümpel vor sich: zwei rostige Autowracks, ein kleines Segelboot, ein Stapel alter Reifen. Eine morsche Treppe führte zu einem altersgrauen Gebäude hoch, dessen Fenster zerbrochen waren. Rechts eine Hauswand, links die Trennmauer. Es gab

nur ein Tor aus kräftigen Eisenstäben, das zur Straße hinaus führte, doch Joe sah schon von weitem, daß es durch eine schwere Eisenkette gesichert war. Er war schon wieder in eine Falle geraten, dachte er verzweifelt. Aber diesmal konnte ihm nicht einmal jemand zu Hilfe eilen, wie es vielleicht auf der Straße geschehen wäre. Und nun sprangen hinter ihm die Männer schon von der Mauer! Es blieb ihm keine Zeit mehr, lang nachzudenken. Joe flitzte in höchster Bedrängnis hinter eines der rostigen Autowracks und ging dort in Deckung. Er rang keuchend nach Atem und lauschte auf die Schritte seiner Verfolger, die sich rasch näherten. Schon glaubte er, sein letztes Stündchen habe geschlagen.

27

»Halt!« rief Billy dem Taxifahrer zu, als er erkannte, daß der gestohlene Wagen genau vor dem Haus hielt, in dem die Verbrecher wohnten. Der Fahrer trat auf die Bremse. Das Taxi rollte noch, als sich Billy schon hinausschwang.
»Macht achtzig Pence!« sagte der Taxifahrer säuerlich. Er war sich nicht so recht klar, ob die Sache mit der Verfolgung des Wagens nicht nur ein dummer Scherz gewesen war, den sich diese Bengel ausgedacht hatten.
Billy landete schlitternd auf dem Gehsteig. Von Mr. Dixon keine Spur Doch in diesem Augenblick sah Billy, wie Joe mit langen Sprüngen davonhetzte und die drei Verbrecher, die aus dem Wagen gestiegen waren, gleich darauf hinter ihm her waren. Blitzschnell erkannte er, daß sich Joe in Schwierigkeiten befand. Wenigstens war das alles weniger langweilig, als Verbrecher stundenlang zu beobachten, ohne selbst etwas unternehmen zu können.

»Komm!« schrie Billy seinem Freund zu und begann zu laufen. Kenny öffnete die Tür und entkam nur um Haaresbreite der Hand des Taxifahrers, der nach seiner Schulter greifen wollte, um ihn zurückzuhalten.
»He! Mein Geld!« rief der Fahrer wütend. »Bleib stehen, Bürschchen!«
Doch dazu blieb Kenny jetzt keine Zeit. Auch er hatte sofort gesehen, in welcher Bedrängnis sich Joe befand. Auch wenn er noch nicht wußte, wie man Joe helfen konnte, wollte er den Freund doch keinesfalls im Stich lassen. Billy schien der gleichen Meinung zu sein, denn er rannte auf die Ecke zu, hinter der Joe und die Verfolger verschwunden waren. Aber so leicht gab sich der Taxifahrer nicht geschlagen. Wütend stieg auch er aus und nahm ebenfalls die Verfolgung auf. Das wäre ja noch schöner, sich von zwei solchen Rangen um sein Geld betrügen zu lassen, dachte er grimmig. Allerdings waren die beiden Jungen weitaus flinker als der behäbige Mann, so daß sich der Abstand mit jedem Augenblick vergrößerte. Doch was ihm an Schnelligkeit mangelte, ersetzte er durch Entschlossenheit, und so gelang es ihm immerhin noch zu sehen, wie Kenny in einer Seitenstraße verschwand. Dann aber war er am Ende seiner Kräfte. Er schnappte nach Luft, weil ihm plötzlich ganz schwindlig war, und erkannte, daß er für solche Späße zu alt war. Es war zwecklos, die Verfolgung fortzusetzen, denn jetzt waren die Jungen längst schon über alle Berge, und er hatte das Nachsehen. Es konnte ihm höchstens passieren, daß er bei seiner Rückkehr zu dem in der Verbotszone haltenden Taxi einen Strafzettel an der Windschutzscheibe fand. Ein Glück, daß er nur achtzig Pence eingebüßt hatte, dachte er, während er sich entschloß, sich in Zukunft nie wieder hereinlegen zu lassen.
Im gleichen Augenblick drückte Mr. Dixon die morsche Tür zu der schmalen Gasse auf, hinter der er gewartet hatte, bis sich die Schritte entfernten. Nun spähte er vorsichtig in beide Richtungen. Weiter unten entfernte sich ein Mann, doch der blickte sich nicht um. Erst als ihm keine Gefahr zu drohen schien, schritt Mr. Dixon rasch durch das enge Gäßchen hinaus zur Greek Street.

Von Joe King war nichts zu sehen, genauso wenig von den Insassen des großen Ford, der dicht vor der Haustür des Gebäudes stand, das Mr. Dixon vor kurzer Zeit verlassen hatte. Verwundert starrte der Inspektor um sich, und er begriff, daß sich irgend etwas ereignet haben mußte, während er sich an der Hofseite des Hauses befunden hatte. Was konnte Joe dazu bewegt haben, seinen Posten zu verlassen? War es möglich, daß einer oder gar alle drei der Verbrecher in dem Wagen zurückgekehrt waren, der nun vor der Tür stand? Und wenn das der Fall war, warum hatte ihn Joe dann nicht rechtzeitig gewarnt?
Doch er wußte, daß er die Antwort auf seine Fragen nicht fand, indem er hier auf der Straße stand und herumrätselte. Er verschwendete nur kostbare Zeit. Er erinnerte sich, ganz in der Nähe eine Telefonzelle gesehen zu haben. Auf diese eilte er nun zu. Es war höchste Zeit, Sergeant Hawkins zu benachrichtigen, bevor er sich auf die Suche nach Joe machte. Je rascher die Polizei eintraf, um so größer waren die Chancen, die Verbrecher festzunehmen, bevor sie Verdacht schöpften.
Bald darauf sprach er hastig und eindringlich mit Sergeant Hawkins. Er berichtete, was er in dem Haus in der Greek Street entdeckt hatte, und bat ihn, sofort einen Streifenwagen zu schicken. Dabei ließ er auch durchblicken, daß sich Joe King möglicherweise in Gefahr befand. Er hoffte, daß das zwar wirklich nicht der Fall war, aber vielleicht legte die Polizei dann ein bißchen mehr Eile an den Tag.
Mit gerunzelter Stirn trat er wieder aus der Telefonzelle. Während er noch überlegte, wohin sich Joe wohl gewandt haben mochte, sah er einen atemlosen Mann herankommen, dessen Gesicht von Anstrengung gerötet war. Der Mann blickte suchend um sich und wandte sich schließlich an Mr. Dixon.
»He, Mister!« sagte er verstört, »haben Sie hier in der Nähe zwei junge Bengel gesehen, die sich versteckt haben? Einen rothaarigen, ziemlich kräftigen, und einen kleineren, dunkelhaarigen?«
Mr. Dixon sah ihn überrascht an. Das klang ja haargenau wie eine Beschreibung von Billy Clarke und Ken Jones, dachte er. Aber die waren

jetzt doch damit beschäftigt, die Verbrecher zu beobachten. Oder etwa nicht? Was hatte sich ereignet?
»Haben die zwei etwas angestellt?« fragte Mr. Dixon beunruhigt.
»Sie haben mich um den Fahrpreis geprellt, die Burschen!« schimpfte der Mann. Der Inspektor erkannte an seiner Schirmkappe, daß er Taxifahrer war. »Haben mich zum Narren gehalten. Banden mir auf die Nase, sie verfolgten drei Automarder, und ich Idiot habe ihnen die Geschichte abgekauft, bis sie aus dem Wagen flitzten und in diese Richtung liefen.«
Nun glaubte Mr. Dixon schon etwas klarer zu sehen, aber er wußte noch immer nicht, was geschehen war und wo er Joe King und seine Freunde suchen sollte.
»Erzählen Sie mir ganz genau, was sich ereignet hat«, verlangte er zu wissen. »Es ist außerordentlich wichtig.«
»Na, einer von ihnen hat mich am Parkplatz in der Drury Lane angehalten und mir aufgeschwätzt, er sei hinter Automardern her. Dann ist auch noch der rothaarige Junge angeflitzt gekommen. Ich bin dem Ford gefolgt, der da vorne steht. Aber als er angehalten hat und ich natürlich auch, sind die Rangen rausgesprungen und weggelaufen, ohne zu bezahlen!«
Mr. Dixon blickte zu dem Ford, der noch immer verlassen vor dem Haus stand, das er vor kurzer Zeit durchsucht hatte.
»Haben Sie gesehen, wie viele Männer sich in dem Wagen befanden, den Sie verfolgten?« fragte er den Taxifahrer.
»Drei, glaube ich. Wieso interessiert Sie denn das alles so genau?«
Das mußte bedeuten, daß die drei Verbrecher zurückgekehrt waren. Aus irgendwelchen Gründen war es Joe nicht mehr rechtzeitig gelungen, ihn zu warnen. Vielleicht hatte er nicht scharf genug aufgepaßt.
»Wieviel schulden die Jungen Ihnen?« erkundigte sich der Inspektor.
»Achtzig Pence«, brummte der Fahrer. »Ist ja kein Vermögen, aber es geht mir gegen den Strich, mich über das Ohr hauen zu lassen.«
Mr. Dixon griff zur Brieftasche und fischte eine Pfundnote hervor, die er dem überraschten Fahrer reichte.

»Hier ist Ihr Geld«, sagte er. »Ich bin überzeugt, daß die beiden Sie nicht betrügen wollten. Ich kenne die Jungen nämlich gut. Sie sind in Ordnung. Und auch die Geschichte von den Automardern wird stimmen. Aber jetzt befürchte ich, daß sie sich in Gefahr befinden. Haben Sie gesehen, wohin sie gelaufen sind?«
»Da hinunter«, meinte der Taxifahrer und deutete über die Schulter in die Richtung, aus der er gekommen war. »Aber als ich ihnen in die Sackgasse folgte, waren sie auf einmal wie von der Erde verschluckt. Müssen wohl in einem Haus in dieser Straße wohnen.«
»Nein, das ist nicht der Fall«, widersprach Mr. Dixon.
»Na, dann sind sie über die Mauer geklettert«, überlegte der Taxifahrer.
»Kommen Sie mit!« schlug Mr. Dixon vor. »Ich fürchte, die Sache ist weitaus ernster, als Sie glauben. Vielleicht können wir gemeinsam das Schlimmste verhindern.«
»Damit ich in der Zwischenzeit einen Strafzettel verpaßt bekomme?« empörte sich der Taxifahrer. »Auf diese Freude kann ich verzichten.«
»Wenn es wirklich dazu kommt, spreche ich mit der Polizei, und wenn das nicht hilft, bezahle ich Ihre Strafe«, versprach Mr. Dixon. »Kommen Sie nur rasch!«
Der Taxifahrer war nicht sehr begeistert von diesem Vorschlag, aber er eilte trotzdem mit Mr. Dixon zu der Sackgasse, in der die Tower-Hill-Detektive »von der Erde verschluckt« worden waren.

28

Zusammengekauert hockte Joe King hinter dem Autowrack und rang noch immer nach Luft. Die raschen Schritte, die sich genähert hatten, verstummten, aber dennoch wagte er es nicht, den Kopf zu heben. Er war überzeugt, daß seine Verfolger ganz in der Nähe standen und scharf nach ihm Ausschau hielten. Vielleicht zogen sie rasch wieder ab, wenn sie ihn nicht finden konnten.
»Wo, zum Teufel, steckt der Kerl?« erklang eine barsche Stimme. Joe erkannte, daß seine Verfolger nur wenige Schritte von ihm entfernt waren. Es erschien ihm geradezu wie ein Wunder, daß sie seine erschöpften Atemzüge nicht hörten.
»Lauf mal zu dem Tor hinüber und schau nach, ob es sich öffnen läßt«, sagte eine zweite Stimme. »Wenn nicht, muß er sich irgendwo in der Nähe versteckt haben. Es sind ihm doch schließlich keine Flügel gewachsen.«
»Die bekommt er schon noch, wenn er mir zwischen die Finger gerät«, sagte ein Dritter. Joe spürte, wie sich ihm das Haar im Nacken sträubte. Er war hilflos gefangen, und wenn ihn die Verbrecher entdeckten, würden sie keine Gnade kennen. Wenn ihm nur Onkel Rupert zu Hilfe käme, betete er. Er hörte, daß einer der Männer zum Tor hinüber ging.
»Ich schätze, er hat sich in der alten Ruine dort drüben verkrochen«, sagte der erste Sprecher wieder. »Aber wir werden ihn schon finden. Am besten bleibst du hier draußen und hältst die Augen auf, für den Fall, daß er sich verkrümeln will.«
»Wir hätten ihn gestern gleich in der Themse ersäufen sollen«, brummte der andere. »Dann müßten wir uns heute nicht mehr mit ihm herumärgern.«
»Und hätten die ganze Polizei auf dem Hals! Bist du verrückt?«
»Was willst du anderes mit ihm tun, damit er uns nicht noch einmal in die Quere kommt? Der ist doch lästig wie eine Wanze!«
»Darüber entscheiden wir, wenn wir ihn gefunden haben.«

Es war entsetzlich, mit anzuhören, wie die Verbrecher da besprachen, was mit ihm geschehen sollte, wenn sie ihn erst einmal gefangen hatten. Joe mußte sich zusammenreißen, um nicht in heller Panik aufzuspringen und einen sinnlosen Fluchtversuch zu unternehmen. Sich ruhig zu verhalten war seine letzte Chance.

»Hier ist er bestimmt nicht durch«, klang eine Stimme vom Tor her. Joe drückte sich so eng wie möglich an den Wagen.

»Komm zurück!« rief Nobby Evans. Dann wandte er sich an seinen Begleiter. »Sieh nach, ob er sich in dem Segelboot verkrochen hat. Wenn nicht, dann kann er sich nur in der Fabrik versteckt haben, und da finden wir ihn schon.«

Das Segelboot lag genau hinter Joe King. Er wußte, daß er unweigerlich entdeckt werden würde, wenn einer der Verbrecher darauf zuging. Hätte er sich doch nur im Inneren des Autowracks verkrochen! Schon hörte er im Sand knirschende Schritte, die sich näherten. Er wagte kaum zu atmen. Sekunden später sah er die Silhouette eines Mannes. Der Mann wollte hin zum Segelboot, doch dann war es, als warnte ihn irgendein Instinkt, denn er blieb stehen, blickte zur Seite, hinter das Autowrack. Es war der Bursche, der Joe in der vergangenen Nacht die Tür geöffnet hatte, als er Onkel Rupert besuchen wollte. Überrascht starrte er auf den Jungen, der vor Schreck wie gelähmt war und sich nicht vom Fleck rühren konnte.

»Da ist er!« schrie der Verbrecher und machte einen Satz auf Joe zu.

Erst die unmittelbare Gefahr riß Joe aus seiner Starre. Er wirbelte herum und jagte mit langen Sätzen davon. Beinahe wäre er gegen den Kerl geprallt, der soeben vom Tor zurückkehrte. Nur ein Haken im letzten Augenblick verhinderte, daß er dem Verbrecher in die Arme lief. Schon waren auch die beiden anderen hinter ihm her. Wenn es nur einen Ausweg gegeben hätte! Aber er saß wie eine Maus in der Falle. Gegen drei entschlossene Verbrecher hatte er keine Chance.

»He! Was ist denn da los?« erklang plötzlich hinter ihnen eine Stimme. »Laßt ihn in Frieden!«

Diese Störung schaffte Joe ein wenig Luft, denn die Verbrecher waren erschrocken herumgefahren und boten ihm eine Gelegenheit, aus dem Kreis auszubrechen, der sich fast schon um ihn geschlossen hatte. Er wagte es sogar, einen Blick in die Richtung zu werfen, aus der die Stimme erklungen war, die ihm so bekannt erschien. Das Gesicht über der Mauer war jung und sommersprossig, und die rote Igelfrisur verriet Joe, daß es sich um Billy Clarke handelte. Wie war er nur hierher gekommen? wunderte er sich, während er rasch in sichere Entfernung zurückwich. Doch nicht einmal zu zweit waren sie den drei kräftigen jungen Männern gewachsen!
»Hau ab, Kleiner!« stieß einer der Verbrecher verächtlich hervor, als er erkannte, daß er nur einen Halbwüchsigen vor sich hatte. »Sonst blüht dir das gleiche, was auf diesen Naseweis wartet.«
Doch wenn er geglaubt hatte, Billy würde sich so leicht einschüchtern lassen, dann irrte er.
»An eurer Stelle würde ich mich schleunigst aus dem Staub machen, bevor es euch selbst an den Kragen geht«, rief er. »Die Polizei ist schon auf dem Weg hierher. Ich habe sie eben benachrichtigt.«
Eine Sekunde lang sahen die drei Männer einander betroffen an. Sie waren wirklich nicht scharf darauf, die Bekanntschaft der Polizei zu machen. Dann jedoch lachte Nobby Evans spöttisch.
»Das ist doch nur Bluff«, rief er seinen Freunden zu. »Los! Schnappt den Bengel!«
Joe merkte, daß die Unterbrechung nur wenig genützt hatte, denn nun ging die Hetzjagd nur von neuem los. Er flitzte wieder zu den Autowracks hinüber, die ihm ein wenig Schutz boten. Jetzt konnte er sich nicht mehr um Billy kümmern, der sich mit einem Satz über die Mauer geschwungen hatte. Einer der Verbrecher näherte sich ihm drohend. Billy blickte ihm trotzig entgegen. Er hatte erkannt, daß er irgend etwas unternehmen mußte, um Joe aus der Klemme zu helfen, selbst wenn es dabei gefährlich für ihn wurde.
»Dir zeig' ich's schon, Bürschchen!« knurrte sein Gegner und stampfte

auf Billy zu, der zwar ziemlich kräftig wirkte, einem erwachsenen Mann aber natürlich nicht gewachsen war. Billy wich zurück, behielt jedoch den Angreifer scharf im Auge.
Während dieser noch zögerte, dröhnte hinter der Mauer der Blechdekkel der Abfalltonne, und einen Augenblick später tauchte auch schon der dunkle Schopf von Kenny auf. Der Junge starrte unsicher über die Mauer. Joe sauste in der Zwischenzeit zwischen den Autowracks umher, wich seinen Verfolgern aus und schleuderte ihnen alte Autoreifen in den Weg, um sie aufzuhalten. Dennoch gelang es ihm nicht, das Weite zu suchen, denn seine Gegner schnitten ihm immer wieder den Weg zu der alten Fabrik hin ab, in der er sich wahrscheinlich leichter verbergen hätte können.
Beim Erscheinen Kennys war der Verbrecher, der auf Billy zuschritt, stehengeblieben und hob den Blick zur Mauer. Diesmal spiegelte sich schon Unruhe in seinem Gesicht. Er hatte geglaubt, es nur mit zwei Jungen zu tun zu haben. Jetzt war da schon ein dritter!
»Himmel! Wie viele von euch gibt es denn überhaupt?« stieß er zornig hervor.
»Jede Menge!« behauptete Kenny. Eine Sekunde später stand er nach einem kräftigen Klimmzug auf der schmalen Mauer, wandte sich jedoch nicht zum Hof, sondern blickte auf die leere Gasse zurück und winkte.
»He, Boys!« rief er. »Hierher! Billy und Joe sind in Schwierigkeiten.«
Der Verbrecher starrte unschlüssig zum Schrottplatz hinüber, wo seine beiden Komplizen noch immer vergeblich versuchten, Joe zu fangen. Doch der Junge wich ihnen immer wieder geschickt aus, denn er konnte sich recht deutlich vorstellen, was auf ihn wartete, wenn es den Männern gelang, ihn zu packen. Dann würden ihm nicht einmal Billy und Kenny mehr helfen können.
»Nobby! Mike!« rief er. »Da scheinen wir es mit einer ganzen Bande zu . . .«
Er konnte den Satz nicht vollenden, denn Kenny sprang von der Mauer

herunter, landete auf seinen Schultern, und das Gewicht des Jungen riß ihn zu Boden. Gleichzeitig sprang auch Billy herbei und packte ihn, denn er sah, daß es ihm mit Kennys Hilfe vielleicht gelingen konnte, einen der Gegner unschädlich zu machen.

Doch der Verbrecher wehrte sich verzweifelt. Vielleicht wäre es Kenny und Billy mit vereinten Kräften gelungen, ihn für kurze Zeit in Schach zu halten, doch dessen Freunde hatten erkannt, daß plötzlich nicht mehr Joe King eine Gefahr bildete, sondern daß Rick in Schwierigkeiten war. Sie gaben die erfolglose Hetzjagd auf und rannten herbei, um ihn zu befreien. Billy und Ken wußten, daß sie es nicht auf eine Schlägerei ankommen lassen durften, bei der sie gewiß den kürzeren gezogen hätten. Sie ließen von dem Kerl ab und liefen davon, hinüber zu Joe, der atemlos stehengeblieben war.

Nun hatten sich zwei kleine, abwartende Gruppen geformt: die drei Verbrecher auf der einen Seite und die drei Jungen, die ihre Gegner aus respektvoller Entfernung musterten. Es gab aber keinen Zweifel, wer am Ende siegen würde, wenn sich die Tower-Hill-Detektive nicht einen entscheidenden Vorteil verschaffen konnten. Doch das war nicht so einfach.

»Hör zu, Kenny!« raunte Joe dem Freund zu. »Du mußt schleunigst Mr. Dixon holen, bevor es uns allen an den Kragen geht. Glaubst du, daß du die Mauer schaffst, wenn Billy und ich dir die Räuberleiter machen?«

»Die Kerle reißen euch in Stücke!« gab der Freund zu bedenken.

»Das tun sie auch so, wenn nicht bald Hilfe eintrifft«, erinnerte ihn Joe. »Kommt langsam zur Mauer. Billy und ich helfen dir, und dann verschwindest du. Bring Mr. Dixon schleunigst hierher.«

Vorsichtig wichen sie zurück und ließen die Gegner nicht aus dem Auge. Die Verbrecher wußten nicht so recht, was sie unternehmen sollten. Sie hatten nur mit Joe gerechnet. Jetzt konnten sie sich gleich mit drei Jungen herumschlagen. Rick und Mike überlegten bereits, daß es wohl am besten sei, sich schleunigst aus dem Staub zu machen, bevor es zu spät war.

Da trat plötzlich Nobby Evans vor.

»He, Jungs!« rief er ihnen zu. »Ich schätze, wir können uns im guten einigen. Wir wollen keinen Ärger mit euch. Wieviel verlangt ihr, um den Mund zu halten? Wir sind nicht geizig.«
Die Freunde blickten einander überrascht an. War das nur ein Bluff, um sie hereinzulegen, oder glaubten die Verbrecher wirklich, sie könnten sich ihr Schweigen erkaufen?
»Unter hundert Pfund tun wir es gewiß nicht!« rief Billy, um die Gauner hinzuhalten.
»Du hast wohl einen Vogel!« knurrte Nobby Evans verdrossen. »Glaubt ihr denn, uns fällt das Geld nur so aus der Tasche? Seid vernünftig!«
Noch immer wichen die drei Jungen langsam vor ihren Gegnern zurück und näherten sich der Mauer.
»Na, wenn ihr wollt, daß wir den Mund halten sollen, dann müßt ihr schon blechen«, erwiderte Billy Clarke unbeeindruckt. »Sonst erfährt die Polizei, was ihr alles auf dem Kerbholz habt.«
Nobby Evans zögerte kurz, bevor er sich zu seinen Komplizen wandte und leise mit ihnen flüsterte. Für die Tower-Hill-Detektive war dies ein weiterer Zeitgewinn. Jetzt standen sie schon dicht vor der Mauer.
»Los!« zischte Billy. Eine Sekunde später hatten er und Joe die Finger beider Hände ineinander verstrickt, und Kenny Jones trat in die so entstandene Stufe. Mit gemeinsamer Kraft wuchteten sie ihn hoch, bis seine Finger den Mauerrand fanden und er sich nach oben ziehen konnte. Zu spät erst wurde den Verbrechern klar, wie geschickt die Jungen sie hinters Licht geführt hatten.
»He!« rief einer von ihnen und bückte sich nach einem Ziegelstein. Doch als dieser durch die Luft schwirrte, fand er sein Ziel längst nicht mehr, denn Kenny war schon auf der anderen Seite der Mauer hinuntergesprungen und jagte mit langen Sätzen davon.
Die Erkenntnis, daß sie überlistet worden waren, verärgerte die Verbrecher nur noch mehr.
»Na, wartet nur!« drohte Nobby Evans grimmig. In seinem Gesicht zuckte es böse. »Jetzt geht es euch an den Kragen.«

Hinter der Mauer ertönte in diesem Augenblick eine helle Stimme: »Mr. Dixon! Hierher! Schnell!«
Joe und Billy blickten einander unsicher an. War das nun wieder ein Bluff Kennys, mit dem er die Verbrecher irreführen wollte? Ein zweites Mal würden sie nicht darauf hereinfallen. Oder war Mr. Dixon wirklich in der Nähe? Doch es blieb ihnen keine Zeit, darüber nachzudenken, denn jetzt rannten die drei Verbrecher auf sie zu, und sie mußten sehen, wie sie ihre Haut retten konnten. Sie stoben auseinander, jeder in eine andere Richtung, damit sich auch die Verbrecher trennen mußten. Nur so hatten sie eine Chance zu entkommen.

29

Mr. Dixon hielt atemlos in seinem Lauf inne, als er den Jungen von der hohen Mauer springen sah. Das war doch Kenny! Der Inspektor hörte den Jungen rufen, verstand ihn jedoch nicht richtig. Aber das hastige Winken Kennys ließ vermuten, daß keine Zeit zu verlieren war. Hinter ihm quengelte der Taxifahrer, doch Mr. Dixon eilte weiter auf Kenny zu.
»Was ist los?« preßte er mühsam hervor, als er vor dem Jungen stand. Er war eben nicht mehr der Jüngste und auch weniger fit als früher.
»Die drei Verbrecher!« berichtete Kenny aufgeregt. »Sie sind hinter Joe und Billy her. In dem Hof hinter der Mauer. Beeilen Sie sich, Onkel Rupert!«
Mr. Dixon packte den Jungen bei der Schulter, bevor sich Kenny auf die Abfalltonne schwingen konnte, um seinen Freunden ein zweites Mal zu Hilfe zu kommen.
»Hör zu, Kenny!« befahl der Inspektor. »Lauf zu dem Haus zurück, aus

dem die ganze Bande gekommen ist. Sergeant Hawkins ist auf dem Weg dorthin. Sag ihm Bescheid, sobald er eintrifft, und bringe ihn hierher. Wir werden in der Zwischenzeit versuchen, Joe und Billy zu beschützen und den Verbrechern den Fluchtweg abzuschneiden.«

So gern Kenny wieder in den Hof zurückgekehrt wäre, um seinen Freunden zu helfen, er gehorchte dennoch. Er wußte, daß diese Männer zu allem entschlossen waren, wenn sie erst einmal erkannten, daß in Kürze der Spieß umgedreht werden sollte! Mit langen Sätzen lief er davon.

Mr. Dixon war bereits zu der Abfalltonne geeilt und kletterte hinauf. Der Taxifahrer machte ein bedenkliches Gesicht. Mr. Dixon hatte auf dem Weg hierher mit ein paar Worten angedeutet, worum es ging, aber er selbst hatte keine Lust, seine Haut zum Markt zu tragen. Die drei Automarder waren gewiß zu allem entschlossen und würden etwas dagegen einzuwenden haben, festgenommen zu werden. Er hatte keine Lust, im Krankenhaus zu landen, da ihn die ganze Angelegenheit ja gar nichts anging. Das war die Sache der Polizei, und dafür bezahlte er schließlich seine Steuern. Er blieb unschlüssig stehen. Vielleicht war es am besten, sich möglichst rasch zu verdrücken, überlegte er.

Unterdessen hatte sich Mr. Dixon mit einiger Mühe auf die Mauer geschwungen. Er sah, wie zwei der Männer Billy Clarke in eine Ecke getrieben hatten und ihn packen wollten.

»So kommen Sie doch!« rief er dem Taxifahrer ungeduldig zu, wartete jedoch nicht lange auf eine Antwort, sondern sprang ohne Zögern in die Tiefe. Der Taxifahrer kletterte ebenfalls schwerfällig auf die Abfalltonne, allerdings nur, um besser sehen zu können, was jenseits der Mauer eigentlich vor sich ging. In den Hof zu springen fiel ihm nicht ein.

»Hierher, Joe!« rief Mr. Dixon. Nobby Evans, der soeben Joe King einzuholen versuchte, hielt beim Klang der Männerstimme an und wandte sich hastig um. Als er den Inspektor vor sich sah, war sein Mut dahin. Bis jetzt hatten sie es nur mit ein paar Jungen zu tun gehabt. Nun ahnte

er, daß es nur eine Frage der Zeit war, bis auch noch andere entschlossene Männer kamen und es keinen Ausweg mehr für sie gab. Er machte sich nicht einmal die Mühe, sich um seine Komplizen zu kümmern, sondern rannte davon, um das Gittertor zu erreichen und darüberzuklettern. Er dachte nur mehr an seine eigene Sicherheit.
Doch er hatte nicht mit Joe King gerechnet. Das unerwartete Erscheinen Mr. Dixons hatte dem Jungen neue Zuversicht gegeben. Er stand dicht neben dem Stapel alter Reifen, als er merkte, daß der Bärtige die Flucht ergreifen wollte. Blitzschnell riß er einen der Reifen an sich und schleuderte ihn dem Verbrecher vor die Füße. Nobby Evans versuchte auszuweichen, doch er schaffte es nicht mehr. Der Reifen knallte gegen seine Schienbeine, und der Verbrecher strauchelte. Er landete schwer auf dem harten Boden. Heftiger Schmerz zuckte ihm durch die Schulter. Er versuchte sich aufzurichten, doch da spürte er auf einmal einen harten Druck um den Hals. Mr. Dixon war mit langen Schritten herangeeilt und hatte seinen Regenschirm umgedreht. Jetzt lag der Griff wie eine würgende Hand um den Hals des Verbrechers und hielt ihn fest.
Einen Augenblick später war auch schon Joe da und griff nach dem Reifen, über den der Bärtige gestolpert war. Mit einer raschen Bewegung stülpte er ihn über den Kopf des Kerls. Mr. Dixon kam ihm zu Hilfe. Als hätten sie diese Art zu fesseln schon lange geübt, zwängten sie den Reifen über die Schultern des Überraschten, so daß seine Arme hilflos an der Seite herunterhingen und er wie in einem Harnisch aus Gummi gefangen war.
Zappelnd lag er da und konnte nicht einmal auf die Beine kommen. Nobby Evans war fürs erste ausgeschaltet.
Aber Mr. Dixon wußte, daß sich auch Billy in einer gefährlichen Situation befand. Die beiden Burschen hatten ihn in eine Ecke gedrängt, aus der es keinen Ausweg gab. Zwar trat Billy mit den Füßen nach ihnen, aber schon packte ihn eine Hand bei der Kehle und drückte ihn ganz fest gegen die Wand, so daß er sich nicht mehr wehren konnte
»Schnell!« stieß Mr. Dixon hervor und richtete sich auf, den Regen-

schirm wie eine Waffe in der Hand. Auch Joe hatte die Gefahr erkannt und war an seiner Seite, als sie Billy zu Hilfe kamen. Einer der Gegner merkte noch rechtzeitig, daß nun der Spieß umgedreht war, und glitt zur Seite, doch der andere – und zwar Mike Kelly – hatte Mr. Dixon noch immer den Rücken zugewandt, während er Billy gegen die Wand drückte.

Mr. Dixon zögerte nicht lange. Er wußte genau, wie gefährlich diese Männer waren, wenn sie erst einmal merkten, daß es ihnen an den Kragen ging. Der Regenschirm pfiff durch die Luft, und sein Griff traf den Verbrecher am Hinterkopf. Nicht hart genug, um ihn vollkommen zu betäuben, aber immerhin so heftig, um Billy aus der Bedrängnis zu befreien. Einen Augenblick später wurde der Mann schon herumgerissen und selbst in die Ecke gedrückt. Mr. Dixon hatte blitzschnell den Regenschirm gewendet, und nun wies die verchromte Spitze auf den Magen Mike Kellys. Der hatte plötzlich allen Mut verloren, und die Angst flackerte in seinen Augen, denn er merkte bereits, daß das gefährliche Spiel verloren war.

Joe rannte unterdessen hinter dem dritten Verbrecher her, der die Flucht ergriffen hatte und zu dem Gittertor lief, über das er zu klettern gedachte, um das Weite zu suchen. Rick Dewey schaffte es zwar noch, sich an den Gitterstäben hochzuziehen und einen Fuß auf die Querstrebe zu stellen, doch weiter kam er nicht. Zwei Arme packten sein Bein und zerrten daran, als wollten sie es ihm aus dem Leib reißen. Rick klammerte sich mit aller Kraft an den Eisenstäben fest und versuchte, Joe King abzuschütteln, doch der war so hartnäckig wie ein Bullterrier. Trotzdem wäre es Joe allein kaum gelungen, den Mann festzuhalten, doch nun kam ihm Billy Clarke zu Hilfe, der erkannt hatte, daß Mr. Dixon durchaus in der Lage war, den anderen Verbrecher in Schach zu halten. Billy fieberte danach, dem Gegner in barer Münze zurückzuzahlen, was er selbst erst vor kurzer Zeit erlitten hatte. Auch wenn Rick Dewey kräftig war, den gemeinsamen Kräften der beiden Größten der Tower-Hill-Detektive war nicht einmal er gewachsen. Er rutschte an den Gitterstäben herunter, und sogleich rollten sie zu dritt ineinander verkrallt über den Boden.

Wie alles wohl geendet hätte, war ziemlich ungewiß, wenn nicht in diesem Augenblick die Sirene eines Streifenwagens ganz in der Nähe aufgeheult hätte. Noch einmal versuchte Rick Dewey mit aller Kraft, sich loszureißen, noch einmal schielten Mike Kellys Augen ängstlich zu dem Regenschirm herunter, dessen Spitze gegen seinen Bauch gedrückt war. Dann erschienen schon die ersten dunkelblauen Uniformen über der Mauer, und gleich darauf sprangen vier Polizisten in den Hof. Einer von ihnen war Sergeant Hawkins, der nach dem Anruf des Inspektors keine Zeit vergeudet hatte, um seinem früheren Vorgesetzten und den Tower-Hill-Detektiven schleunigst zu Hilfe zu eilen. Er war gerade noch rechtzeitig gekommen.

Rick Dewey wurde von kräftigen Fäusten hochgerissen, und dann schnappten schon die Handschellen um seine Gelenke. Einen Augenblick später war Mike Kelly an der Reihe, und ganz zuletzt wurde Nobby Evans aus dem Autoreifen befreit und von den Polizisten in Gewahrsam genommen.

Ein zweiter Streifenwagen war unterdessen vor dem Gittertor angerollt, doch es dauerte eine geraume Weile, bis man den Hausmeister gefunden hatte, der das Vorhängeschloß entfernte, so daß die drei Verhafteten zu dem wartenden Wagen geführt werden konnten. Dabei warfen sie haßerfüllte Blicke auf Mr. Dixon und seine jungen Freunde. Wenn diese nicht eingegriffen hätten, wären die Verbrecher längst schon geflüchtet und ihrer gerechten Strafe entkommen.

In der Zwischenzeit hatte Sergeant Hawkins schon einen ganzen Schwall Fragen an seinen früheren Vorgesetzten gerichtet. Er wußte ja noch immer nicht so recht, was sich eigentlich ereignet hatte, aber es dauerte nicht lange, bis er die ganzen Zusammenhänge erkannte. Der Taxifahrer hatte die Gelegenheit benützt, um sich still und leise zu verkrümeln. Nicht nur, weil er sich nun ein wenig schämte, daß er Mr. Dixon und den Jungen nicht tatkräftig zu Hilfe geeilt war. Er erinnerte

sich plötzlich auch wieder daran, daß er sein Taxi in einer Halteverbotszone zurückgelassen hatte und es ihm blühen konnte, daß er bei seiner Rückkehr einen Strafzettel vorfand.
Als Sergeant Hawkins die genauen Zusammenhänge erfahren hatte, führte er den Inspektor und seine jungen Freunde zu dem Streifenwagen. Gemeinsam kehrten sie zu dem Haus in der Greek Street zurück. Die drei Verbrecher wurden im zweiten Streifenwagen abtransportiert. Ihnen stand zunächst die Untersuchungshaft bevor, bis ganz genau ermittelt war, welcher Verbrechen man sie anklagen konnte. Doch daß es sich um eine ganze Liste von Gesetzesübertretungen handeln würde, stand schon in diesem Augenblick fest.

30

Bald darauf führte Mr. Dixon seine Begleiter durch die Seitengasse in den verwahrlosten Hof und durch die Küchentür ın das Haus. Der Sergeant runzelte die Stirn über den Schmutz in allen Räumen, die er besichtigte.
»Donnerwetter!« staunte er, als er sich genauer umgesehen hatte. »Das ist ja noch viel schlimmer als die Räuberhöhle, die Ali Baba entdeckte. Da werden wir noch eine Menge Arbeit haben, bis festgestellt ist, aus welchen Einbrüchen und Betrügereien das alles stammt, was hier aufgestapelt liegt.«
Mr. Dixon lächelte.
»Wem die Schmetterlingssammlung und das Porzellan gehört, wissen Sie bereits, Sergeant«, erinnerte er seinen einstigen Untergebenen. »Ich hoffe nur, daß Ihre Leute noch sorgsamer damit umgehen, als es die Einbrecher getan haben. Es wäre nämlich schade, wenn im letzten Moment

noch etwas in die Brüche gehen sollte. Und jetzt würde ich Ihnen raten, schleunigst Ihre Leute aus der Gegend verschwinden zu lassen, für den Fall, daß die beiden weiblichen Mitglieder der Bande zurückkehren. Wir wollen ihnen ja nicht auf die Nase binden, daß dieses Räubernest bereits entdeckt worden ist. Wenn sie draußen den Streifenwagen und die Polizisten sehen – was glauben Sie wohl, was die dann machen?«
Jetzt, daß die größte Gefahr hinter ihnen lag, machte sich Mr. Dixon Sorgen über Donna und Gary King. Zwar war Donna ein recht vernünftiges Mädchen, doch die Verbrecher hatten schon deutlich bewiesen, wie gefährlich sie sein konnten, und er ahnte, daß die beiden Frauen nicht viel besser sein würden. Er wußte, daß er erst wieder aufatmen konnte, wenn er Donna und Gary wohlbehalten vor sich sah.
Sergeant Hawkins mußte zugeben, daß die Vorschläge des Inspektors Hand und Fuß hatten. Bald darauf verließen die Polizisten das Haus und bezogen in einiger Entfernung ihre Posten. Auch der Streifenwagen wurde um die nächste Ecke gefahren. Mr. Dixon und seine Freunde kehrten zu dem alten Morris zurück, von dem aus sie das Haus im Auge behalten konnten. Sie wollten sich die bevorstehende Verhaftung der beiden Diebinnen nicht entgehen lassen. Mr. Dixon stopfte seine Pfeife und steckte den Tabak in Brand.
»Wie ist es den Verbrechern denn eigentlich gelungen, dich zu entdekken?« wandte er sich an Joe King. »Hast du nicht die Augen offengehalten, wie ich dir geraten habe?«
Joe erzählte, was sich ereignet hatte, während sich der Inspektor im Schlupfwinkel der Bande befand. Nun wurde Mr. Dixon klar, daß Joe seinen Hals riskiert hatte, um ihn vor einer bösen Überraschung zu bewahren. Auch Billy berichtete aufgeregt, was sich auf dem Parkplatz und nachher bei der Verfolgungsjagd im Taxi ereignet hatte.
»Na, diesmal haben wir nicht einmal die Polizei gebraucht, um die ganze Bande zur Strecke zu bringen«, brüstete er sich.
»Ich war trotzdem nicht enttäuscht, als sie eintraf«, meinte Joe King mit sichtlicher Erleichterung. »Wir haben unverschämtes Glück gehabt, und

wenn Onkel Rupert nicht im letzten Augenblick eingetroffen wäre, hätte es recht gefährlich für uns werden können.«
»Pah!« meinte Billy abfällig. »Gar so große Helden waren sie wieder nicht, diese Kerle!«
Mr. Dixon lächelte vergnügt vor sich hin. Alles sah nun so einfach aus, aber es hatte nicht viel gefehlt, und es wäre schiefgegangen. Er war froh, so rasch wieder sein Eigentum entdeckt zu haben. Er hatte schon befürchtet, nie wieder etwas von den Dingen zu sehen, die er in langen Jahren so mühsam und mit viel Liebe gesammelt hatte. Doch noch mehr freute er sich darüber, daß trotz aller Gefahren seinen jungen Freunden nichts zugestoßen war und die Verbrecher sich schon auf dem Weg in ihre Zellen befanden.
Seine Gedanken wandten sich wieder Donna und Gary King zu. Er war versucht, heimzukehren und dort abzuwarten, bis er etwas von ihnen hörte, doch wahrscheinlich kehrte das Mädchen hierher zurück und ängstigte sich dann nur, wenn es niemanden vorfand.
Eine Viertelstunde verging, während die drei Jungen noch immer aufgeregt über ihre Erlebnisse sprachen. Dann sah Mr. Dixon, wie sich ein Streifenwagen näherte und unweit von ihnen anhielt. Er atmete erleichtert auf, als er einen Augenblick später Donna Fortescue aussteigen sah. Mr. Dixon ahnte, daß sich irgend etwas Unvorhergesehenes ereignet haben mußte. Doch als Sekunden später auch Gary King und ein baumlanger Polizist aus dem Wagen stiegen, wich die Spannung in ihm. Donnas Augen glänzten freudig, als sie den Morris erreichte und ihre Freunde darin sitzen sah.
»Onkel Rupert!« rief sie. »Ich habe schon gefürchtet, Sie nicht mehr hier anzutreffen.«
»Was ist denn geschehen?« fragte der pensionierte Inspektor. Unterdessen waren auch der Polizist und Gary näher gekommen.
»Mr. Dixon?« Der Beamte hob die Hand zum Rand seiner Schirmmütze. »Kann ich mit Ihnen sprechen? Vielleicht wäre es am besten, wenn Sie mit uns zum Revier kämen. Sie können uns sicher weitere In-

formationen über die beiden Frauen geben, die bei einem Ladendiebstahl in der Oxford Street festgenommen wurden.«
Mr. Dixon blickte erstaunt auf Donna.
»Meint der Herr damit die zwei Mädchen, die du ...?«
Donna nickte.
»Es tut mir leid, Onkel Rupert«, gestand sie bekümmert. »Aber wir beobachteten, wie sie mit einer Menge gestohlener Dinge aus dem Kaufhaus verschwinden wollten, und da habe ich eben den Ladendetektiv benachrichtigt. Hoffentlich sind Sie mir nicht böse.«
»Ohne die Hilfe der jungen Dame wären die beiden unentdeckt entkommen«, erklärte der Polizist. »Sie hat uns dann die ganze Geschichte erzählt, und wir hielten es für angebracht, so rasch wie möglich ...«
»Was ist denn hier los?« fragte Sergeant Hawkins, der beim Eintreffen des Streifenwagens sein Versteck in einem Haustor verlassen hatte und herangekommen war. Bei seinem Anblick nahm der Polizist Haltung an und berichtete mit knappen Worten, was sich ereignet hatte.
»Die beiden Frauen befinden sich also in Haft?« fragte der Sergeant.
»Wir haben sie vorläufig nur wegen Ladendiebstahls festgenommen, Sergeant, aber mir scheint, da verbirgt sich noch weitaus mehr dahinter«, meinte der Polizist. »Deshalb wollte ich noch einmal ausführlich mit Mr. Dixon sprechen. Miß Fortescue erwähnte da noch etwas von ein paar Männern, die ...«
»... kein Problem mehr darstellen«, ergänzte der Sergeant. »Sie sind in der Zwischenzeit, dank der Hilfe Mr. Dixons und seiner Freunde, festgenommen worden. Wir haben hier nur auf die Rückkehr ihrer Komplizinnen gewartet, ohne zu ahnen, daß auch diese in der Zwischenzeit bereits geschnappt worden sind.«
»Dann wissen Sie also über die ganze Angelegenheit schon Bescheid?« staunte der Polizist.
»Mehr als Sie wahrscheinlich«, antwortete der Sergeant. »Am besten komme ich mit Ihnen zum Revier. Dann können wir uns anhören, was die beiden Mädchen zu sagen haben. Wir werden sie und die Männer

getrennt verhören, da besteht weniger Gefahr, daß sie uns irgendwelche Lügengeschichten aufzubinden versuchen.«
»Und Mr. Dixon?« fragte der Polizist.
»Ich weiß, wo ich ihn erreichen kann, wenn es notwendig sein sollte«, antwortete Sergeant Hawkins. »Er hat uns schon genug geholfen, und wir wollen ihn nicht länger belästigen. Einstweilen vielen Dank, Inspektor Dixon. Wir sehen uns noch!«
»Inspektor?« fragte der Polizist verwundert, erhielt jedoch zunächst keine Erklärung. Die konnte bis später warten. Sergeant Hawkins nahm ihn beiseite und besprach mit ihm die weitere Vorgangsweise.
»Sind Sie mir jetzt böse, Onkel Rupert?« fragte Donna unterdessen beklommen.
Mr. Dixon lächelte.
»Natürlich nicht. Du hast uns sogar eine Menge Mühe erspart. Steigt ein, ihr zwei! Wir fahren jetzt zu mir und halten unterwegs bei einer Bäckerei an, um Kuchen zu kaufen. Die Tower-Hill-Detektive haben einen weiteren Fall erfolgreich gelöst, und das ist Grund genug zu einer kleinen Feier. Dabei kannst du uns ganz genau erzählen, was sich im Warenhaus ereignet hat, und ich schätze, auch wir haben ein paar Neuigkeiten zu berichten.«
Doch so lange konnten sich Donna und Gary gar nicht gedulden. Bald darauf sprudelten die Worte nur so von ihren Lippen, und ihre Freunde waren nicht weniger redselig. Nicht einmal die Aussicht auf Tee und Kuchen konnte den ewig hungrigen Billy davon abhalten, damit zu prahlen, wie er fast ganz allein eine Verbrecherbande zur Strecke gebracht hatte. Mr. Dixon fuhr lächelnd heimwärts.

31

Drei Tage später hielt eine riesige, funkelnde Limousine vor den Tower-Hill-Apartments. Ein livrierter Chauffeur stieg aus und öffnete den Schlag für einen elegant gekleideten Mann mit silberweißen Schläfen, der kurz auf das Gebäude blickte, bevor er darauf zuging.
Selbstsicher erreichte er den Eingang und blieb in der Halle stehen, um die Tafel zu studieren, auf der die Mieter verzeichnet waren. Dann schritt er zum Lift.
Mrs. Fortescue war nicht wenig erstaunt, als sie den vornehmen Herrn vor sich sah. Sie schämte sich ein wenig der Lockenwickler in ihrem Haar. Ausgerechnet jetzt mußte ein unbekannter Besucher kommen und sie so sehen! Wenn sie so etwas geahnt hätte, würde sie sich hübsch zurechtgemacht haben. Doch den hochgewachsenen Herrn schien die Erscheinung Mrs. Fortescues nicht zu stören, denn er lächelte freundlich.
»Mrs. Fortescue? Ist Ihre Tochter zu Hause?«
»Donna?« fragte Mrs. Fortescue verwirrt. Was wollte dieser elegante Herr wohl von ihrer Tochter? »Ja. Sie sitzt bei ihren Schulaufgaben.«
»Wäre es erlaubt, daß ich sie nur für einen ganz kurzen Augenblick störe?« fragte der Herr. »Ich bin der Generaldirektor des Kaufhauses ›Ambrose‹, das Ihnen ja gewiß ein Begriff ist. Wir sind Ihrer Tochter sehr dankbar dafür, daß sie uns vor einem Verlust bewahrt hat.«
»Du liebe Güte!« stöhnte Mrs. Fortescue und rief nach ihrer Tochter. Beinahe hätte sie in ihrer Aufregung vergessen, den Besucher in die Wohnung zu bitten. Diesen Fehler wollte sie mit einer Tasse Tee rasch wiedergutmachen, doch der Generaldirektor lehnte freundlich ab. Er habe es sehr eilig, behauptete er.
Gleich darauf kam Donna aus dem Zimmer und musterte den Besucher unsicher. Doch ihre Mutter ließ sie nicht lange im Zweifel darüber, wen sie da vor sich hatte.
»Miß Fortescue!« sagte der Generaldirektor und gab ihr die Hand. »Ich

bedaure, daß ich Ihnen nicht schon früher einen Besuch abgestattet habe, aber ich hörte erst nach dem Wochenende von den Ereignissen. Jetzt möchte ich das nachholen und Ihnen im Namen der Direktion recht herzlich für Ihr energisches Eingreifen danken. Es kommt nicht oft vor, daß junge Menschen heutzutage so viel Ehrlichkeit und Entschlossenheit zeigen wie Sie.«

»Ach, das war doch gar nichts!« murmelte Donna ein wenig befangen.

»Sagen Sie das nicht«, entgegnete der Besucher lächelnd. »Ich hoffe, ich kann unseren Dank auch auf praktische Weise ausdrücken.«

Dabei griff er in die Brusttasche seines eleganten Anzuges und holte ein weißes Kuvert hervor, das er Donna überreichte.

»Es handelt sich um einen Ausweis, der Sie ermächtigt, mit einem Rabatt von fünfzig Prozent alle Artikel, die in unserem Kaufhaus geführt werden, einzukaufen«, erklärte er. »Das gilt natürlich auch für Sie, gnädige Frau. Dazu noch ein kleiner Scheck. Glauben Sie mir, daß wir Ihnen wirklich sehr dankbar sind und uns glücklich schätzen werden, wenn Sie von dem Ausweis Gebrauch machen.«

Dann küßte er der errötenden Donna die Hand und hatte auch schon die Wohnung verlassen, während das Mädchen ihm ganz verträumt nachsah.

Als die Mutter die Tür hinter dem Besucher geschlossen hatte, sah sie, daß ihre Tochter den Briefumschlag noch gar nicht geöffnet hatte.

»Na, mach ihn doch auf!« sagte sie neugierig.

Donna schreckte auf und holte seinen Inhalt hervor: eine kleine Karte mit ein paar Worten, die den Dank der Direktion ausdrückten, einen Ausweis und einen Scheck. Die Zahlen verschwammen vor Donnas Augen. Die Mutter nahm ihr den Scheck aus der Hand.

»Fünfzig Pfund!« sagte sie erstaunt. »Das ist ganz anständig. Dieses Geld kannst du gleich morgen auf dein Sparkonto tragen. Und stell dir vor: Wir können zum halben Preis einkaufen! Dadurch sparen wir eine Menge Geld!«

Donna nickte schweigend. Fünfzig Pfund, dachte sie. Eigentlich sollte

sie dieses Geld mit den anderen Tower-Hill-Detektiven teilen, denn sie hatten es ja nicht weniger verdient als sie selbst.
Doch dann schüttelte sie den Kopf. Nein, es gab einen weit besseren Zweck, und sie war überzeugt, daß keiner ihrer Freunde etwas dagegen einzuwenden hatte, wenn sie erst einmal erfuhren, was Donna damit zu tun gedachte.
»Ich kann dieses Geld nicht annehmen, Mutti«, sagte sie. »Ich habe doch nur meine Pflicht getan.«
Ihre Mutter starrte sie an, als habe sie den Verstand verloren.
»Was ist denn in dich gefahren?« fragte sie. »Fünfzig Pfund sind für diese Leute doch kein Vermögen. Die verdienen doch Millionen. Und du willst den Scheck zurückgeben?«
Donna schüttelte den Kopf.
»Nein, das war eigentlich nicht meine Absicht«, widersprach sie. »Ich dachte eher, es wäre am besten, wenn ich ihn der Großmutter bringe. Mit ihrem Pech fing doch die ganze Sache an, und sie kann den Verlust ihrer Rente am wenigsten verschmerzen. Ich brauche das Geld ja gar nicht so dringend.«
Mrs. Fortescue blickte ihre Tochter mit glänzenden Augen an und legte ihr den Arm um die Schulter. Ihr war ganz warm ums Herz.
»Das wäre wirklich sehr großzügig von dir, Donna«, sagte sie leise, als ihr klar wurde, wie uneigennützig ihre Tochter dachte. »Die Oma würde sich wirklich sehr darüber freuen. Aber was werden deine Freunde davon denken? Sie haben doch auch Anspruch auf einen Teil der Belohnung, denke ich.«
»Ach, ich wette, die sind vollkommen einverstanden«, sagte Donna lachend. »Ganz besonders, wenn ich Oma helfe, einen feinen, großen Kuchen zu backen und sie dann alle zum Tee einlade. Und Mr. Dixon! Der mag nämlich Kuchen auch recht gern!«
Ihre Mutter lächelte beglückt.
»Es würde mich gar nicht wundern, wenn du recht hast, mein Kind«, sagte sie.